Lv 2 から
Chillin Different World Life
of the EX-Brave Candidate was Cheat
from Lv 2
チートだった元勇者候補の
まったり異世界ライフ 11
Miya Kinojo 鬼ノ城ミヤ
Illustrations by 片桐

Name
ゴーロ
∞
Name
バリロッサ
∞

Name
エリナーザ
∞
Name
リルナーザ
∞

「だ〜っはっは。アルンキーツってば、酒弱いなぁ」
「も、もう飲めないで……あ、ありますぅ……」
Name アルンキーツ ∞
Name ガッポリウーハー ∞
Name 金髪勇者 ∞

Level 2
ATK……∞
DEF……∞
AGI……∞
MP……∞
Chillin Different World Life of the EX-Brave Candidate was Cheat from Lv2
Lv2からチートだった
元勇者候補の
まったり異世界ライフ11
著 鬼ノ城ミヤ イラスト 片桐

Characters

Chillin Different World Life
of the EX-Brave Candidate was Cheat from Lv2

フリオ

フリース雑貨店を営む
元勇者候補。

リース

牙狼族でありフリオの妻。

ガリル

フリオとリースの息子。
姫女王のことが気になっている。

エリナーザ

フリオとリースの娘。
フリオのことが好き。

リルナーザ

エリナーザの妹。
フリオとリースの次女。

ベンネエ

日出国の言条大橋に取り憑いた
強者を求める剣豪の思念体。

ヒヤ

光と闇の根源を司る魔人。

ダマリナッセ

精神世界で修練中の
暗黒大魔導士。

ワイン（人族の姿）

ハイスペックだが
大食いな居候。

ベラノ

無口で人見知りの
小動物的教師。

ベラリオ

ミニリオとベラノの子供。

テルビレス

神界を追われたお酒好きな駄女神。
ホクホクトンの家に居候中。

illin Different World Life of the EX-Brave Candidate was Cheat from Lv2

Characters

Chillin Different World Life
of the EX-Brave Candidate was Cheat from Lv2

ゴザル

史上最強と言われる元魔王。

ウリミナス

ゴザルの妻にして
魔王時代の側近。

バリロッサ

ゴザルの妻である元騎士。

フォルミナ

ゴザルとウリミナスの娘。

ゴーロ

ゴザルとバリロッサの息子。

カルシーム

元魔王代行。チャルンと共に、
フリオ家に居候中。

チャルン

カルシームの妻となった魔人形。
お茶を淹れるのが得意。

ラビッツ

カルシームとチャルンの娘。
カルシームの頭の上がお気に入り。

スレイプ（人族の姿）

元魔王軍四天王の一人。
ビレリーと同棲中。

ビレリー

スレイプと同棲中の元弓士。

リスレイ

スレイプとビレリーの娘。

エリー（姫女王）

正義感が強い苦労人で
魔法国の女王。

ブロッサム

農作業に精を出す元剣士。

グレアニール

フリース雑貨店で働く魔忍族。

タニア

記憶を失ったフリオ家の
押しかけメイド（神界の使徒）。

闇王

元魔法国の国王にして
闇商会の会長。

Chillin Different World Life of the EX-Brave Candidate was Cheat from Lv

Characters

Chillin Different World Life
of the EX-Brave Candidate was Cheat from Lv2

金髪勇者

勇者なのに魔法国から
指名手配中。

ツーヤ

金髪勇者と共に逃避行中。
お財布の中身が心配。

ヴァランタイン

邪界十二神将の妖艶な魔人で
見た目に反して大食い。

アルンキーツ

稀少魔族である荷馬車魔人
だが魔力が少ない。

ガッポリウーハー

稀少魔族である屋敷魔人だが
戦闘は苦手。

ドクソン

ゴザルの弟にして
仲間想いな新魔王。

フフン

ドクソン側近の
ドMサキュバス。

ベリアンナ

口は悪いが妹想いの
悪魔人族。

アイリステイル

ガリルの同級生で
ベリアンナの妹。

サリーナ

ガリルの同級生。
ガリルに気があるようで……？

サベア（一角兎の姿）

フリオ家のペット。
一角兎のシベアとつがいに。

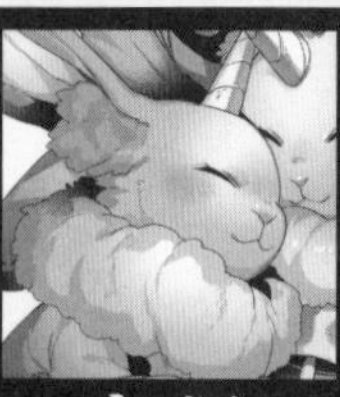

シベア

サベアのお嫁さんの一角兎。

スベア

サベアとシベアの子供。
ややツリ目気味の一角兎。

セベア

サベアとシベアの子供。
可愛い目つきが特徴。

ソベア

サベアとシベアの子供。
一角兎だが、体毛の色は狂乱熊。

illin Different World Life of the EX-Brave Candidate was Cheat from Lv2

Level 2～∞

Lv2からチートだった元勇者候補のまったり異世界ライフ 11

Contents

Chillin Different World Life of the EX-Brave Candidate was Cheat from Lv2

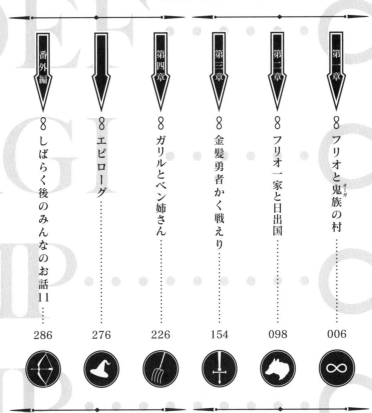

第一章 ∞……フリオと鬼族《オーガ》の村……∞

クライロード世界――。
剣と魔法、数多《あまた》の魔獣や亜人達《たち》が存在するこの世界では、人種族と魔族が長きにわたり争い続けていた。

人種族最大国家であるクライロード魔法国と魔王軍との間に結ばれた休戦協定は各地に恩恵をもたらしており、人種族と魔族の間で友好的な交流が始まっていた。

魔王ドクソンを中心として強固な体制を作り始めた魔王軍は、力こそ正義との考えを改めない魔族に対して粘り強く交渉を続けており、徐々にではあるがその言葉に耳を傾ける魔族達も現れ始め、魔王ドクソンは今日も忙しく魔族領を飛び回る日々を送っていた。

一方、クライロード魔法国は姫女王を中心に、外交担当の第二王女と内政担当の第三王女が両脇をしっかりと固める体制を整備しており、国内外の問題にも迅速に対処し続けていた。その結果、クライロード魔法国はかつてない繁栄の兆しを見せ始めていた。

一見平穏に見える両国だが、その一方でいくつかの問題も起き始めており……

この物語は、そんな世界情勢の中ゆっくりと幕を開けていく……

◇ホウタウの街・ホウタウ魔法学校◇

「……今日もいい天気だなぁ」

ホウタウ魔法学校の校門をくぐったフリオは、青空を見上げながらその顔にいつもの飄々《ひょうひょう》とした笑みを浮かべていた。

――フリオ。

勇者候補としてこの世界に召喚された別の異世界の元商人。

召喚の際に受けた加護によりこの世界のすべての魔法とスキルを習得している。

今は元魔王軍のリースと結婚しフリース雑貨店の店長を務めている。一男二女の父。

そんなフリオの隣を、リースが寄り添うようにして歩いている。

――リース。

元魔王軍、牙狼《がろう》族の女戦士。

フリオに破れた後、その妻としてともに歩むことを選択した。

フリオのことが好き過ぎる奥様でフリオ家みんなのお母さん。

「旦那様、購買の商品補充任務でしたら、いつものように荷物運搬部隊の者達に任せるか、お命じくださればこの私がひとっ走りで済ませてまいりますのに……」

少し不服そうな表情を浮かべながら、上目使いにフリオの顔を見上げているリース。

そんなリースに、フリオはにっこりと笑みを向ける。

「荷物運搬部隊のみんなや、リースの事はもちろん信頼しているよ。でも、たまには現場を自分の目で確認しておくのも大事だと思うし、それに……」

「……それに？」

「……最近、色々と忙しくてリースと二人きりでお出かけする機会も少なかったしさ。ちょっとしたデートみたいでいいかな、と思ったんだけど……駄目だったかな？」

少し照れくさそうに頬を赤く染めながらリースを横目で見つめるフリオ。


……しばしの間。

ボフン！


顔面どころか、上半身まで真っ赤にしたリースは、フリオの腕に抱きついた。

「い、いえ！　そ、そんなことはございませんわ！　そ、そうですわね、た、たまにはこんなデートも悪くはないですわね」

頭部の髪の毛が、動物の耳のようにピコピコと左右に動き、無意識のうちに具現化した尻尾が嬉《うれ》しそうに左右にブンブンと振られる。

（リースってば……魔族の尻尾が具現化しちゃってるけど……）

リースの尻尾を横目で見ながら、フリオは苦笑を浮かべた。

（まぁ、でも……今のこの世界なら、そんなに問題にもならないか）

フリオは、そんな事を考えながらその顔にいつもの飄々とした笑みを浮かべた。


フリオが考えている通り、人種族最大国家であるクライロード魔法国と、人種族と争い続けてきた魔王軍の間で休戦協定が結ばれた現在、人種族と魔族の間の交流も進んでいた。

（……元々、このホウタウの街は王都から離れているのもあって、昔から魔王軍に属していない魔族や亜人種属を広く受け入れていて、我が家の子供達が通っているホウタウ魔法学校も、そういった種属の子供達を広く受け入れていて、それがいつしかクライロード魔法国全体に広がっていっているわけで、それはとても良いことだと思う。

僕が元いた世界では、亜人種族の人達が人種族の人達に迫害されていた……。この世界では、そういった差別が少しずつだけどなくなっている……。僕も、そのお手伝いを出来ているのなら、それはとても嬉しいことなんだけど……）


改めてリースへ視線を向けるフリオ。

その視線に気付いたリースが、怪訝《けげん》そうな表情をその顔に浮かべながら首をひねった。

「旦那様、どうかなさいましたか？」

「あ、いや……なんでもないんだ……ただ、なんていうか……こうしてリースと一緒にいられるのって、とっても幸せだな、って思ってさ」

その顔に笑みを浮かべるフリオ。

そんなフリオの言葉を前にして、リースは再びその顔を真っ赤にする。

「だだだ、旦那様、いいいいきなりそんな事を言われてしまいましたら、恥ずかしいですわ……そ、その……と、とっても嬉しいんですけど……」

顔を真っ赤にしながらうつむき加減のリース。

その尻尾と頭頂部の耳状の髪の毛が、超高速で動き続けている。

（……リースの頭の上のアレって、狼《おおかみ》の姿の時の名残りであって、本当の耳じゃないらしいんだけど、尻尾と一緒で感情によって本当の耳のように動くんだよな）

顔を真っ赤にしたままの嬉しそうな様子のリースに、フリオも思わず照れ笑いを浮かべた。

「と、とりあえず、購買へ荷物を届けに行こうか。それが終わったら、少し早いけど食事でもしていかない？」

「そ、それはデートでございますね！　は、はい！　もちろんご一緒させて頂きますわ！」

フリオの言葉に、嬉しそうな声をあげたリースは、フリオの腕にぎゅっと抱きつき、嬉しそうに頬ずりを繰り返していく。

リースが密着したため、その豊満な胸がフリオの腕に押し当てられた。

その感触に、思わず頬を赤くするフリオ。

誤魔化すようにその場で咳払《せきばら》いをしたフリオは、ホウタウ魔法学校の校舎へ向かって再び歩きはじめた。


ここホウタウ魔法学校の購買は、フリオが代表を務めているフリース雑貨店が管理運営を行っている。

そのため、定期的に商品の補充をする必要があり、今日のフリオとリースは補充のためにホウタウ魔法学校を訪れていた。

いつものように校門をくぐり、校門に一番近い校舎へ向かっていくフリオ。

建物の入り口を通り、そのすぐ横にある窓口をノックする。

『事務室』と書かれた看板が掲げられている窓口の中から、中年の男が顔を出した。

「やぁ、フリオさんじゃないですか。購買の商品補充ですか?」

「こんにちはタクライドさん。えぇ、不足品を補充に来ました」

窓口で笑みを浮かべているタクライドに、笑顔を返すフリオ。


――タクライド。

ホウタウ魔法学校の事務員を務めている男性。

学校内の補修や清掃、学費の管理、職員の給与に関する業務まで全てを一人でこなしているかなり有能な人物で、保護者からの信頼も厚い。


「そういえば、ホウタウ魔法学校って、警備会社を設立したんでしたっけ」

「えぇ、卒業生の就職先の一つとして、試験的に運営をはじめたんですけど、結構好評なんですよ。それに合わせて、教員の副業も解禁したりしているんです」

フリオの言葉に、ニカッと笑みを浮かべながら右手の親指をグッとサムズアップするタクライド。

「今度、グッズ製作会社を立ち上げて、ホウタウ魔法学校のグッズの作製・販売も検討しているんですよ。その時はぜひフリース雑貨店さんにもご協力いただきたいんで、よろしくお願いしますね」

「えぇ、そういうことでしたらいつでもご相談ください」

しばらく雑談をかわすフリオとタクライド。

いつもの見慣れた光景を、リースは笑顔で見つめていた。


「……長々と引き留めてしまってすいませんね。あ、ガリル君とエリナーザちゃんでしたら、今の時間は格技場で剣闘部の練習をしていると思いますよ。用事を済まされたら、覗《のぞ》いてみてはいかがです?」

「え、いいんですか?」

「全然問題ありませんよ。フリース雑貨店さんには色んな援助までして頂いていますし、むしろこちらからお願いしたいくらいです。それに今日は一般開放の日なんで、入学希望の方々もお見えになっていますしね。定期魔導船のおかげで、入学希望者がすっごく増えてて、学校としてもありがたい話です、はい」

ニカッと笑みを浮かべ、タクライドは右手の親指をグッとサムズアップする。

その笑顔に、フリオはいつもの飄々とした笑顔を返していく。

「そう言っていただけると、フリース雑貨店《うち》としても嬉しいです。じゃあ、商品補充が済みましたらのぞかせてもらいますね」

タクライドに頭を下げると、フリオはその足で校内へと入っていった。

「あのタクライドという男、なかなか有能みたいですわね。ウリミナスも褒めていましたわ」

フリオの隣を歩きながら、リースは笑みを浮かべていた。

（もっとも、戦闘力という観点から言えば、戦力として計算出来るレベルには達していませんし……旦那様のお役に立てるとは思えませんわね……）

笑顔の下で、そんな考えを巡らせているリース。

（……あ、あの……リース、それ聞こえてるんだけど……）

リースは無意識のうちに自分が考えていることを口に出してしまっていた。

それを耳にしたフリオは、その顔に苦笑を浮かべる。

（……リースなりに僕の事を考えてくれているのはわかるんだけど……。僕の役に立てるとか、戦力になるとか、そういった観点で判断するのはちょっと……）

　そんな考えを巡らせているフリオは、リースとともに廊下を進んでいた。

◇ホウタウ魔法学校内・購買◇

　ホウタウ魔法学校の中程に位置している購買の建物は地上三階地下一階の構造になっており、地下は倉庫、二階と三階は学生寮になっている。

　そして、その一階部分が購買になっており、食堂も兼ねていた。

　食堂では、学生寮に入寮している学生の朝食と夕食も提供しており、その食事もフリース雑貨店が担当していた。


　その購買の中を、モップで水拭きしている女性の姿があった。

　メイド服に身を包み、すごい速さで床を磨いているその女性は、フリオとリースが購買の中へ入ってくると、すごい速さで二人の前へと移動した。

「これは、旦那様と奥方様。お疲れ様でございます」

「タニア、購買の仕事お疲れ様」

　——タニア。

　本名タニアライナ。

神界の使徒であり強大な魔力を持つフリオを監視するために神界から派遣された。

ワインと衝突し記憶の一部を失い、現在はフリオ家の住み込みメイドとして働いている。


フリオとリースの前で、スカートの裾を軽く持ち上げながら恭しく一礼するタニア。


ここホウタウ魔法学校の購買は、以前はバイトを雇っていた。

しかし、ホウタウ魔法学校の生徒数が増加し、購買の利用者が増加するのにともなって扱う商品も雑多になり、また準備する食事の量も多くなり、バイトでは対応し切れなくなってしまい……

今では、そういった業務を滞りなくこなすことが出来るタニアが担当していたのであった。


「補充品を持ってきたから、棚に入れておくね」

そう言って、右手を伸ばすフリオ。

右手の先に魔法陣が展開し、同時に、購買の奥にある倉庫の中に、次々と商品が出現していく。

補充品を、自らの精神世界の中に詰め込んで来ていたフリオは、それを直接倉庫の中へ入れていたのである。

「お願いされていた補充品は全部入れたと思うけど、他に必要な物があったら、思念波で知らせてくれるかい？」

「いえ、旦那様に二度もお手を煩わせることはございません。その際にはこのタニアが自ら対処いたしますゆえ」

フリオの言葉に、深々と頭を下げるタニア。

（そうは言うけど、タニアってば購買の仕事をメインでこなしているのに、家の掃除や洗濯まできっちりこなしてくれているし……いったいいつ休んでいるのか心配になってしまうんだよな……）

フリオはタニアを見つめながらそんな事を考え、思わず苦笑する。

「入寮者もいっぱいいみたいだし、もし手が足りないようだったら遠慮なく言ってね。すぐに対処するからさ」

「もったいないお言葉、ありがとうございます。そのような事はまず起こりえないと思いますが、万が一の際には、よろしくお願いいたします」

フリオの言葉に、再び深々と頭を下げるタニア。

フリオと会話を交わしながらも、自らの魔法で補充された品物のチェックを行っており、不足していた品物が補充されたことを確認しているからこその返答でもあった。

ちなみに、普段の補充作業は、フリース雑貨店荷物運搬部隊である元魔王軍諜報《ちょうほう》部隊静かなる耳の面々が、荷馬車によって商品を運搬しており、今回のように短時間で終わることはなかった。

とはいえ、普通の荷馬車業者が行うのに比べれば、格段に早いのは言うまでもないのだが……

「あ、そういえば……今日は、ワインとリルナーザも来ているんじゃなかったっけ？」

「はい、お二方でしたら、魔獣飼育場にいると思いますわ。今日は、フォルミナ様とゴーロ様もご一緒でございます。常に遠隔視野魔法にて状況確認を怠っておりませんので、ご安心くださいませ」

フリオの言葉に、恭しく一礼しながら答えるタニア。

その言葉通り、左右で色が違うタニアの瞳のうち、左側の瞳が輝いていた。

それは、遠隔視野魔法を展開している証《あかし》であった。

「いつも子供たちのお世話をしてくれてありがとうタニア。それじゃあ、格技場に行く前に少し顔を出してみるよ」

「フリオ家の皆さまのためでしたら、これくらい当たり前の行為でございますわ」

軽く右手をあげながら移動していくフリオを、タニアは恭しく一礼しながら見送っていた。

(特に、ワインお嬢様が、またぞろ素っ裸にならないように……目いっぱい監視しておきませんと……)

強い意志と同時に、タニアの瞳の輝きが一層増していた。

◇ホウタウ魔法学校内・魔獣飼育場◇

ホウタウ魔法学校の一角、校舎のはずれに設置されている放牧地。

ここでは、魔獣の飼育がおこなわれていた。

主に、魔法のひとつである調教《テイム》や、魔獣への付与魔法・騎乗しての戦闘訓練といった実践系授業に使用する魔獣達が飼育されている場所なのである。

そんな魔獣飼育場の中央付近で、巨大な魔獣がうなり声をあげていた。

グルルル……

四つ足の魔獣は、上腕部を低くしたまま牙をむき出しにし、前方に向かって威嚇の姿勢を取り続けている。

黒い毛で覆われた魔獣の前方には、ガリルの同級生のサジッタの姿があった。


——サジッタ。

ガリルの同級生で、攻守の魔法をバランスよく使用することが出来るのだが能力は若干低め。

ことあるごとにガリルをライバル視し、勝とうとしているが勝負になることはない。


「ななな、なんだよこの魔獣……ちっとも言う事を聞かねぇじゃねぇか……ここ、ここで一番でっかいこいつを調教《テイム》して、今度こそガリルをぎゃふんと言わせてやろうと思ったのに……」

サジッタは腰が抜けているのか、地面にへたり込んだまま魔獣を凝視している。

魔獣は、そんなサジッタに対し明らかに怒った様子でサジッタを威嚇しており、今にも襲い掛かろうとしていた。

「あ～駄目です駄目です。声をあげないでくださぁい！」

そこに、帽子を目深にかぶった女の子が駆け寄ってきた。

――リルナーザ。

フリオとリースの三人目の子供にして次女。

調教《テイム》の能力に長《た》けていて、魔獣と仲良くなることが得意。

その才能を活用し、入学前のホウタウ魔法学校で魔獣飼育員をしている。


「ななな、なんでだよリルナーザ……お前が餌をやってた時はすっごくおとなしかったのに、なんで急に怒り出したんだよ、そいつ……」

「この魔獣さんは、基本的にはおとなしいのですけど、とってもプライドが高いんです。そんな魔獣さんの前で、いきなり『おい魔獣！　俺様の使い魔にしてやるからありがたく思え』なんて言ったりしたら、それは怒ってしまっても仕方ありませんよぉ」

困ったような表情を浮かべながらサジッタに説明するリルナーザ。

その周囲には小型の魔獣達が寄り添っており、皆、怒りの表情をサジッタに向けていた。

「そそそ、そんなことを言ったって……」

サジッタはあわあわしながら、魔獣とリルナーザを交互に見つめている。

「とにかく、まずは魔獣さんの怒りを鎮めないと……」

両手をワタワタと振りながら、リルナーザは魔獣に近寄っていく。

黒毛の魔獣はかなり大型で、リルナーザの五倍以上の体躯《たいく》を誇っている。

怒りに支配されている黒毛の魔獣は、怒りに任せてリルナーザに向かって右の前足を振り上げた。

「ひゃあ!?」

少し間の抜けた悲鳴をあげながら、目を丸くするリルナーザ。

そんなリルナーザの前に、周囲の魔獣達が即座に集結しリルナーザを守ろうとする。

「むぅ！　リルリルになにするの！　するの！　このワインが許さないの！　ないの！」

その時、上空からワインの声が聞こえてきた。


——ワイン。

龍族最強の戦士と言われている龍人《ドラゴニュート》。

行き倒れになりかけたところをフリオとリースに救われ、以後フリオ家にいついている。

エリナーザ達の姉的存在。


ワインは、上空から直滑降で飛来すると、黒毛の魔獣の脳天に、頭突きの要領で頭からぶつかっていく。

ゴイィン！

周囲に、すさまじい音響が響き渡った。

黒毛の魔獣は、後方によろけながらも自らの頭に頭突きをくらわせたワインを睨《にら》みつけている。

そんな黒毛の魔獣を、

「むぅ、結構頭、固いの、いの」

自らの頭をさすりながら睨み返しているワイン。

「わ、ワインお姉ちゃん、この魔獣《こ》は、体がとっても硬いんです。特に頭は一番硬いところなのです」

心配そうな表情を浮かべながら、手に冷やしたタオルを持ってワインの側《そば》に駆け寄っていくリルナーザ。

その周囲には、小型の魔獣達が寄り添っており、リルナーザ同様に心配そうな表情でワインを見つめていた。

そんなリルナーザ一同を見回したワインは、

「心配ないの！　ワインお姉ちゃんは無敵なの、なの！」

ニカッと笑みを向けると、その場で四《よ》つん這《ば》いになる。

すると、ワインのお尻から龍の尻尾が具現化し、ポンチョ風の衣装から突き出した。

その尻尾が、銀色に変化し、二本に分かれた。

同時に、ワインの上半身を銀色の龍の鱗《うろこ》が覆い、まるで銀の鎧《よろい》のように変化していく。

「がるるるるる」

龍の威嚇音を口から吐き出しながら魔獣を睨みつけるワイン。

ポンチョを引き裂き、その背からは銀色の羽が広がっていく。

先ほどより明らかに威圧感が増しているワインの姿に、黒毛の魔獣は思わずたじろいだ。

一方、リルナーザは、

「はわわ！　す、すごいですワインお姉ちゃん！　存在進化しているのです！　龍族の存在進化なんて、私、はじめてみました！」

前方には、まだ黒毛の魔獣がいるにもかかわらず、目を輝かせながらワインの変化した姿をまじまじと見つめていた。

すると、そこに、フォルミナとゴーロも駆け寄ってきた。


――フォルミナ。

ゴザルとウリミナスの娘で、魔王族と地獄猫族《ヘルキャット》のハーフ。

ゴザルのもう一人の妻であるバリロッサにもよくなついている。

ガリルの事が大好きな女の子。


――ゴーロ。

ゴザルとバリロッサの息子で、魔王族と人種族のハーフ。

ゴザルのもう一人の妻であるウリミナスにもよくなついている。

口数が少なく、姉にあたるフォルミナの事が大好きな男の子。

「ワインすごいの！　すごいの！　すっごくかっこいいの！」

先ほどまで、奥で魔獣の寝床の藁《わら》を交換していたフォルミナは、大きな藁の束を抱えたまま、ワインの姿を見つめていた。

その隣では、フォルミナと一緒に藁の交換作業をしていたゴーロも、

「……すごい……かっこいい」

ワインの姿を見つめながら、羨望のまなざしを向け続けていた。

そんな一同に見つめられているワインは、

「そうなの？　なの？　ワイン、かっこいい？　いい？」

嬉しそうな声をあげていた。

◇◇◇

ほどなくして、サジッタが押した緊急事態ブザーを受けて、職員室から駆けつけてきたベラノとミニリオを中心としたホウタウ魔法学校の教員達が、魔獣飼育場に駆けつけてきた。

——ベラノ。

元クライロード城の騎士団所属の魔法使い。

小柄で人見知り。防御魔法しか使用出来ない。

今は騎士団を辞め、フリオ家に居候しながらホウタウ魔法学校の教師をしている。

ミニリオと結婚し、ベラリオを産んだ。


——ミニリオ。

フリオが試験的に産みだした魔人形。

フリオを子供にしたような容姿をしているためミニリオと名付けられ魔法学校でベラノの補佐をしている。

ベラノのお手伝いをしているうちに仲良くなり、今はベラノの夫でベラリオの父。


「……？」

肩で息をしながら、飼育場の中央を見つめているベラノ達は、一様に困惑した表情をその顔に浮かべていた。

そんな一同の視線の先では、

「ワインお姉ちゃん、この羽はどうやって進化したんですか？」

「ワイン、もっと腕を見せて！　すごくかっこいい！」

「……僕も、もっと見たい」

目を輝かせているリルナーザ・フォルミナ・ゴーロの三人に囲まれ、

「ワイン、かっこいい？　いい？　もっと見ていいの！　いいの！」

ご満悦な表情を浮かべながらポーズをとり続けているワインの姿があった。


「……あの、サジッタ君……何があったの？」

非常ボタンのわきでへたり込んでいるサジッタに声をかけるベラノ。

「あ、あの……ベラノ先生……あ、あの魔獣が暴れて……」

震える指でワインの後方を指さすサジッタ。

その指の先へ視線を向けたベラノ達は、再び困惑した表情をその顔に浮かべていた。

一同の視線の先には、おなかを上にして、寝そべっている黒毛の魔獣の姿があった。


この黒毛の魔獣。最初こそ、サジッタの態度に怒り、我を忘れていたのだが、ワインの頭突きで自我を取り戻し、存在進化したワインを前にした時点で『この龍《ワイン》に勝てるはずがない』と悟って、絶対服従のポーズをとっていたのであった。


「……魔獣が？　暴れて？」

「そ、そうなんです……魔獣が……」

「魔獣が暴れてって……あの魔獣は、完全服従しているし……」

慌てた様子のサジッタと、そんなサジッタと魔獣を交互に見つめているベラノ達。

そんな一同の後方からタニアがすごい速度で駆けて来た。

その手には、ワインの下着が握りしめられていた。

その視線の先には、リルナーザ達に囲まれているワインの姿があった。

よく見ると……存在進化したワインは、その銀色の鱗のせいで着衣がすべて破れてなくなっており、当然下着もなくなっており、ほぼ全裸の状態だったのである。

「ワインお嬢様……また下着を……！」

両目を輝かせながら全力疾走しているタニア。

その背に現れた神界の使徒の羽で、さらに加速していく。

「うげ!?　タニタニ!?」

その接近に気が付いたワインは、目を丸くしてその場から駆け出した。

「お待ちくださいワインお嬢様！　おとなしくこの下着を身に着けてください！」

「や〜の！　下着気持ち悪いの！　悪いの！」

「駄目です！　おとなしくしてください！」

「や〜の！　や〜の！」

逃げるワイン。

追うタニア。

二人の追いかけっこは、ホウタウ魔法学校を舞台に繰り広げられていく。

「……あの二人……今日もやってるのか」

魔獣飼育場に向かって歩いていたフリオは、頭上を飛行するワインと、それを追いかけているタニアの姿を苦笑しながら見上げていた。

「楽しそうにじゃれあっていますわね」

リースもまた、その光景を見上げながら、笑みを浮かべていた。

そんな二人の視線の先で、ワインとタニアの追いかけっこは続いていた。

◇ホウタウ魔法学校内・格技場◇

「……あれ？　飼育場の方で何かあったのかな？」

格技場の中から、窓の外へ視線を向けたガリルは、怪訝そうな表情を浮かべながら首をひねった。


——ガリル。

フリオとリースの子供で、エリナーザとは双子の弟で、リルナーザの兄にあたる。

いつも笑顔で気さくな性格でホウタウ魔法学校の人気者。

身体能力がずば抜けている。


そんなガリルの隣で、剣を手にもっているエリナーザが、小さくため息をついた。

――エリナーザ。

フリオとリースの子供で、ガリルとは双子の姉で、リルナーザの姉。

しっかり者でパパの事が大好き。

魔法の能力に才能がある。


「ワイン姉さんとタニアさんが追いかけっこをはじめたから、問題はなさそうよ」

そんな言葉を発しているエリナーザの瞳が虹色に輝き、額の宝珠も同じ色の輝きを発していた。

エリナーザは、全力で魔力を展開すると、額の宝珠が輝いてしまう。

産まれる際に、女神の祝福を受けた証の宝珠を持つエリナーザは、類《たぐ》い希《まれ》な魔法の能力を有しており、額の宝珠はその魔力の根源なのであった。

魔獣飼育場の異変を察知したエリナーザは、自らの魔力を駆使して魔獣飼育場周辺の様子を探索し、その様子を把握していたのである。

（……まったく……ガリルがいるからお手伝いしているけど、剣闘部の手伝いって好きじゃないのよね……どちらかというと、私は魔法の方が得意だし……）

内心でぶつぶつ言いながら察知魔法を展開していたエリナーザ。

……すると、その目がカッと見開かれた。

（この気配……軽微な気配隠蔽魔法を使用しているけど、間違いないわ！　パパが格技場《ここ》に向かっているわ！）

展開していた魔法により、フリオの接近を察知したエリナーザは、剣を持つ手の力を強くした。

（パパにいいところを見せないと。えぇ、それはもう最高にかっこよくてかわいいところを……）

フリオ《パパ》のことが好きすぎて、いろいろと拗《こじ》らせまくっているエリナーザ。

「そうとわかれば、もっと気合いを入れますわ！　さぁ、リスレイ！　どんどんいきますわよ！」

そう言うが早いか、エリナーザは剣の打ち合いをしていたリスレイに向かってとびかかる。

——リスレイ。

スレイプとビレリーの娘で、死馬《しば》族と人種族のハーフ。

しっかり者でフリオ家の年少組の子供達のリーダー的存在。

「うわ!?　ちょ、急にどうしたのよエリちゃんってば!?　急にやる気満々になっちゃってさぁ!?」

「そんなことありませんわ、私はいつでもクライマックスですわよ！」

「ちょ!?　エリちゃん、キャラ変わってるって!?」

リスレイはエリナーザの剣を、巧みな身のこなしでかわしていく。

「えぇい、こざかしいですわ！　ならば、これでどうかしら！」

剣を構えたまま詠唱するエリナーザ。

すると、その背後に巨大な魔法陣が展開し、その中から光の剣が無数に出現していく。

「ちょ!?　そ、それは反則だってば!?」

その剣の数に、目を丸くするリスレイ。

すると、その横に蜥蜴《とかげ》族のレプターが駆け寄ってきた。


――レプター。

ガリル達と同級生の蜥蜴族の男の子。

一見クールだが、面倒見のいい人気者。リスレイと特に仲がいい。


「さすがにこれは一人じゃ無理だろ。加勢するぜリスレイ」

「あ、ありがとレプター」

横並びになり、エリナーザに対峙《たいじ》する二人。

「ふふ、ちょうどいいハンデですわ！　さぁ、まいりますわよ」

エリナーザは、無数の剣の先を、二人へ向けていく。

すると、

パリン……パリン……

エリナーザが作り出した光の剣が、魔法によって破壊され、消滅していく。
同時に、リスレイとレプターの間に、ベラリオが転移魔法で出現した。

——ベラリオ。
ミニリオとベラノの子供。
魔人形と人種族の子供という非常に稀少《きしょう》な存在。
容姿はミニリオ同様フリオを幼くした感じになっている。
中性的な出《い》で立《た》ちのため性別が不明。

年齢的には入学資格がまだないベラリオだが、ベラノとミニリオがホウタウ魔法学校で働いている関係で、特別に入学している。
特別とはいえ、入学試験で見せたすさまじい魔力と素晴らしい魔法能力があってこその結果だった。

「あは！　リオリオも助太刀してくれるんだ！　ありがと！」

「よっしゃ！　三人でいくぜ」

（コクコク）

リスレイとレプターの言葉に頷《うなず》くベラリオ。

ちなみに、魔人形のミニリオと、その血を濃く受け継いでいるベラリオは言葉を発することができなかった。

三方に展開しながらエリナーザに駆け寄っていく三人。

「ふふふ、三人が相手でも全然問題ありませんわ！　私のかっこかわいいところをパパに見てもらうんだから！」

そんな三人に向かって、エリナーザは光の剣を次々に打ち出していく。

ベラリオの魔法で破壊されてはいるものの、エリナーザが発する光の剣はそれ以上の速度で出現していく。

そのため、三対一にもかかわらず、エリナーザが三人を圧倒している状態だった。

その光景を、ガリルは苦笑しながら見つめていた。

「父さんが来ると、姉さんってば、人が変わっちゃうからなぁ……でも、今の姉さんって、かっこかわいいっていうよりも、完全にラスボスっていうか、本気を出した時のゴザルおじさんにそっくりというか……」

思わずそんな言葉を口にするガリル。

「ご、ゴザルおじさ……ま……!?」

その言葉が聞こえたのか、エリナーザは目に見えて狼狽《ろうばい》した。

「あ、エリちゃんがひるんだ！」

「今だ！」

その隙を逃すことなく、一気に駆け寄っていくリスレイ達。

（……あれ？……俺、余計な事、言っちゃったかな……）

いきなり劣勢になってしまったエリナーザを見つめながら、ガリルは眉間にシワを寄せる。

すると、

「ねぇ、ガリル様ぁ、よそ見しないで、私のことをしっかり見てほしいリン。剣の持ち方はこれでいいリン？」

そんなガリルに、サリーナが猫撫《ねこな》で声《ごえ》をあげながらすり寄った。


——サリーナ。

ガリルの事が大好きなお嬢様で水系の魔法を得意にしている。

ガリルの応援のために剣闘部に参加している。

表向きは動きやすいように、それでいて実はガリルの気を引くために、サリーナは過度に露出が多めの服を身にまとっていた。

「あぁ、ごめんごめん……えっと、もう少し、ここをこう……」

そんなサリーナの手を取り、その持ち方を直していくガリル。

そのせいで、ガリルの上半身がサリーナの上半身に覆いかぶさる格好になっていた。

(う、うひょ～～～～～～リン!? が、が、が、ガリル様に、押し倒されるみたいリン。サリーナはここで初めてを迎えるリンね……)

顔を真っ赤にしながら、サリーナは呼吸を荒くしていく。

その脳内では、ガリルに押し倒された自らが、あんなことやこんなことをされている妄想が……

『ゴルァ!』

「むぎゅ!?」

幸せな妄想を繰り広げていたサリーナの顔面に黒猫のぬいぐるみが押し付けられる。

そのはずみで、サリーナの口から妙な声が漏れた。

そんなサリーナの顔に、いつもの黒を基調としたゴスロリ衣装を身に着けているアイリステイルが自らのぬいぐるみを押し付けていく。


――アイリステイル。

ガリルに興味津々な女の子で呪術系の魔法を得意にしている。

魔王軍四天王の一人ベリアンナの妹だがそのことは秘密にしている。

ガリルの応援のために剣闘部に参加している。

『アタシもガリル君に指導してもらっているんだから、一人で抜け駆けしてんじゃねぇぞ！　と、アイリステイルも言っているんだゴルァ！』

腹話術よろしく、ぬいぐるみの口をパクパクさせながら怒声をあげるアイリステイル。

「はぁ!?　指導は指導リン！　あんたはおとなしく顧問のムラサメ先生に教わっていればいいリン！」

『うるせぇ！　ガリル君とイチャイチャしたいからこの剣闘部に参加しているアイリステイルが、「なんでムラサメ先生とイチャイチャしなきゃいけねぇんだ！」って、アイリステイルも言っているんだゴルァ！』

シャイなため、自らの口ではほとんど会話することができないアイリステイルだが、ぬいぐるみを通してだとすさまじい毒舌によって本音を発することができるようになる。

サリーナはそんなアイリステイルの毒舌に対し、一歩も引くことなく言い返していく。

目の前で、すさまじい言い合いをはじめた二人。

「やれやれ……こうなってしまうと、しばらく収まらないんだよな」

苦笑しながら、サリーナとアイリステイルの様子を見つめているガリル。

すると、そんなガリルの足元に、数体の小人が歩み寄ってきた。

小人たちは、手に手に木製の剣を持っており、それを振りながら、まるで踊りでも踊るかのようにステップを踏みながらガリルの周囲を取り囲んでいく。

「やぁ、これはスノーリトルが召喚した小人たちかな?」

「うふふ、さすがガリル様。お見通しですわね」

ガリルの後方から、白を基調としたドレス姿のスノーリトルが、口元を押さえながらガリルの下に歩み寄っていく。


――スノーリトル。

ガリルに惹《ひ》かれまくっている御伽《おとぎ》族の女の子で召喚系の魔法を得意にしている。

魔王ドクソンの嫁候補の一人スノーホワイトの妹だが、そのことは秘密にしている。

ガリルの応援のために剣闘部にしょっちゅう顔を出している。


「スノーリトルの召喚する使い魔達って、いろんな種類がいてすごいね。この小人たちも物語の登場人物なのかい?」

「はい、とある世界の御伽話《おとぎばなし》に登場するお姫様を守る七人の小人たちですの。ガリル様、私は非力なため剣をふるう事ができませんので、この者達を鍛えてほしいのですが」

そういうと、スノーリトルはガリルの腕に、自らの腕をそっと絡めていく。

「え、えっと……スノーリトル?」

「あ、はい、こうすることで、私が使役している小人達をガリル様も使役することができるようになるのでございます。さ、ガリル様、小人たちを指導してくださいませ」

ガリルの腕を、自らの胸元に抱き寄せるスノーリトル。

そんなスノーリトルの様子に苦笑したガリルは、

「せっかくなんだけどさ、スノーリトル……それって、こんなに密着しなくても可能だよね」

スノーリトルから腕を引き抜くと、その手をそっと握った。

ガリルの言う通り、御伽族《おとぎ》が召喚した使役魔を他の者がコントロールするには、体の一部が触れ合っていれば十分であり、先ほどのスノーリトルのように、ガリルの腕に抱き着く必要はなかったのである。


「確かにそうですけど……」

「まぁまぁ、指導はちゃんとしてあげるからさ」

不満そうに口をとがらせるスノーリトルを、ガリルは苦笑しながら見つめる。

その言葉通り、小人たちはガリルの指示に従い、剣の素振りを始めていた。

そんな一同の様子を、剣闘部の顧問、ムラサメは少し離れた場所で腕組みしながら見回していた。

――ムラサメ。

日出《ひ》国《いずるくに》出身の鬼族の血を引く無口でクールな女剣士。

元々は傭兵《ようへい》として食《く》い扶持《ぶち》を得ていたが、ホウタウ魔法学校の警備任務を行った際にタクライドにスカウトされ、ホウタウ魔法学校の剣術教員になった。

（うむ……いつも通りの光景だな……）

ムラサメは刀を腰に差したままで微動だにせず、言葉を発する事もなく、じっと格技場内の様子を見つめ続けていた。


そんな格技場内の様子を、格技場の二階にある観覧席から見つめている人たちがいた。

その多くは、ガリルを見に来たホウタウ魔法学校の女生徒達と、同じくガリルを見に来たホウタウの街の住人達（九割女性）である。

この日は、ホウタウ魔法学校の事を広く知ってもらうための一般開放の日であった。

そのため、

『すごいイケメンと噂《うわさ》のガリル君を、堂々と見ることが出来る！』

とばかりに、街の女性達だけでなく、同じ学校内の女性徒達までもが、見学者として大挙して押し寄せていたのであった。


スノーリトルと手をつないで指導を行っているガリルの姿に、多くの女性たちが、

「何よあの女の子……」

「私のガリル様と手をつないじゃって……」

「ちょっとかわいいからって……キー悔しい！」

そんな声を漏らしている中、最後尾の席に座っている一人の女の子が、呆《あき》れたようなため息を漏らした。

「……マクタウロ叔父様が、すごい剣士がいるというから、わざわざ王都から見物に来ましたのに……無駄足でしたわ」

（噂のガリルという男の子ってば、デレデレしながら女の子の指導ばかりして、自らは剣を振ろうともしないではありませんか。あのムラサメとかいう教員も、指導する気配すらありませんし……田舎の学校だけあって、やっぱりこの程度ってことなのでしょうね……）

ため息をつきながら席を立つと、その女の子はツインテールにまとめられている金髪を揺らしながら、出口に向かって歩いていった。


その女の子と入れ替わるようにして、フリオとリースが観覧席に姿を現した。

「まだはじまっていないみたいだよリース」

「よかったですわ。せっかく来たのですから、一目見ておきたかったのです。ガリルと、剣闘部の顧問の模擬戦」

そんな会話を交わしながら、空いている席へ移動していくフリオとリース。

ツインテールの女の子の姿は、すでになかった。

◇ホウタウの街・ブロッサム農園◇

フリオの自宅は、ホウタウの街の城壁の外にある。

元々は、魔王軍配下の魔獣達の侵攻から逃れるために住人が避難し、空き家になっていたのをフリオが買い取った家である。当初はフリオとリースの二人で暮らすつもりだったこともあり平屋だったのだが、同居人が増えるにつれて増築していき、今では地上四階地下一階という大邸宅になっていた。

そんなフリオ宅の前には、広大な放牧地が広がっており、スレイプとビレリー夫妻が主に魔馬の飼育を行っている。

その放牧地を過ぎると、ブロッサムが管理している広大な農園が広がっていた。

「今日もいい天気だなぁ。絶好の畑仕事日和だぜ」

空を見上げながら、ブロッサムは額の汗をぬぐった。

――ブロッサム。

元クライロード城の騎士団所属の重騎士。

バリロッサの親友で、彼女とともに騎士団を辞めフリオ家に居候している。

実家が農家だったため農作業が得意で、フリオ家の一角で広大な農園を運営している。

そんなブロッサムの後方では、バリロッサが荷車に野菜のつまった籠を積み込んでいる最中だった。


――バリロッサ。

元クライロード城の騎士団所属の騎士。

今は騎士団を辞め、フリオ家に居候しながらフリース雑貨店で働いている。

ゴザルの二人の妻の一人で、ゴーロの母。


「ブロッサム、この野菜をフリース雑貨店に運べばよいのだな？」

「あぁ、よろしく頼むよ。おかげさんで、店での売り上げがかなりいいみたいだしな」

「うむ、ゴザル殿も言っていたが、ホウタウの街だけでなく、王都や近隣の都市でも話題になっているらしいからな」

「へへ、ありがたいこった。精魂込めて作った野菜が評判になるってさ、農家冥利に尽きるよな、ホント」

バリロッサの言葉に、嬉しそうに笑みを浮かべるブロッサム。

「ところでブロッサム」

「ん？　なんだバリロッサ」

「お前もたまには剣の訓練でも一緒にどうだ？　最近は農場の仕事が忙しくて、あまりやっていないだろう?」

「あはは、そっちはもういいよ。やっぱアタシには剣よりこっちの方が性に合ってるみたいだしな」

ニカっと笑みを浮かべながら、手の鍬《くわ》を掲げて見せるブロッサム。

(……そうはいうが……お前は、その鍬で龍を倒し、龍討伐者の称号を得ているというのに……)

バリロッサが思い出しているように、かつて、フリオと共同生活を始めたばかりの頃、フリオの力量を見極めるべく龍軍を率いて襲来したウリミナスに対し、それをあっさりと撃退したフリオ。その際に、フリオの付与魔法によって、戯れに放り投げた鍬で龍を倒すことに成功し、龍討伐者の称号を得ているブロッサム。

(あの時、私の決断がもう少し早ければ、私も龍討伐者の称号を得ることができていたかもしれないというのに……)

バリロッサはかつての光景を思い出しながら、目に後悔の涙を浮かべる。

「ん? どうかしたのかバリロッサ?」

「い、いや、なんでもない……なんでもないんだ、うん」

ブロッサムに悟られぬよう、慌てて涙をぬぐうバリロッサ。

慌てた様子で、野菜の詰まった籠を荷車へと積み込んでいく。

「なんだ？　おかしな奴《やつ》だな」

ブロッサムは怪訝そうな表情を浮かべながら、バリロッサの後ろ姿を見つめる。

『バホ！』

そんなブロッサムの隣に、サベアが歩み寄ってきた。


——サベア。

元は野生の狂乱熊《サイコベア》。

フリオに遭遇し勝てないと悟り降参し、以後ペットとしてフリオ家に住み着いている。

普段はフリオの魔法で一角兎《ホーンラビット》の姿に変化している。


狂乱熊《サイコベア》姿のサベアは、背に大きな籠を背負っており、麦わら帽子をかぶっていた。

「奥の野菜を収穫してきてくれたのかサベア？」

『バホ！』

ブロッサムの言葉に、自らの胸をドンと叩《たた》くサベア。

ドヤ顔のサベアへ視線を向けながら、ブロッサムは嬉しそうにほほ笑む。

「ホント、サベアは働き者だな。おかげで収穫作業がはかどるよ。じゃあ、それもバリロッサに渡してくれるかい？」

『バホバホ！』

ブロッサムの言葉に頷くと、サベアはのっそのっそとバリロッサの方へ向かって歩いていく。

そんなサベアのすぐ後方に、一角兎《ホーンラビット》のシベアが、小さな籠を背に背負った状態で続いた。


――シベア。

元は野生の一角兎《ホーンラビット》。

サベアと仲良くなり、その妻としてフリオ家に居候している。


さらに、その後方には、二人の子供のスベア・セベア・ソベアが、収穫した野菜の詰まった籠を背負って、一列になって続いていく。


――スベア・セベア・ソベア。

サベアとシベアの子供たち。

スベアとソベアは一角兎《ホーンラビット》の姿をしており、セベアは狂乱熊《サイコベア》の姿をしている。


「あはは、みんなもお手伝いしてくれてたんだな。ありがとな」

シベア達に笑顔で手を振るブロッサム。

そんなブロッサムに、

『ふんす！』

『ふんす！』

『バホ！』

『ふんす！』

シベア達は順番に頭を下げながら鳴き声を返していく。

「みんなサベアに似て礼儀正しくて働き者だなぁ」

バリロッサとともに籠を荷車に積み込んでいるサベアの姿を見つめながら笑顔のブロッサム。

「……それに引き換え……」

眉間にシワを寄せながら、視線を後方へと向ける。

その視線の先には、野菜の合間に大きな麦わら帽子が見え隠れしていた。

その麦わら帽子は、数時間前からまったく移動していない。

「ちょっとテルビレス……いつまでそこに座ってるわけ？」

少し呆れた様子で、麦わら帽子へ声をかけるブロッサム。

すると、その声を聞きつけたのか、近くの野菜の合間から一匹のゴブリンが姿を現した。

「うぬ……駄女神め、まぁたサボっているでござるな……」

そう言うと、手に持っている収穫用の鎌を肩に乗せながら麦わら帽子の方へ駆け寄る。


——ホクホクトン。

元魔王軍配下の兵士だったゴブリン。

今は、ブロッサム農園の使用人として連日農作業に精を出している。

神界を追放された駄女神様ことテルビレスに勝手に居候されて……


野菜の畝をかき分けるようにして麦わら帽子の方へ駆け寄っていくホクホクトン。

その音が聞こえているはず……にもかかわらず、麦わら帽子は一向に動く気配がない。

「まったく……隙あらばサボろうとするのだから、タチが悪すぎるでござるよ……おい……」

ため息をつきながら麦わら帽子に手をかけたホクホクトン。

すると、風に揺らめいていた麦わら帽子が、ふわりと地面に落下した。

その下には、鍬が地面に突き立てられており……麦わら帽子は、その先に乗せられていただけで、遠くから見ると、麦わら帽子を被《かぶ》っているテルビレスが農作業をしているように見えなくもない状態に……

「あんの駄女神!!　まぁたどっかへサボりに行ったでござるな!!」

拾いあげた麦わら帽子を握り締めながら、ホクホクトンはギリギリと奥歯を嚙《か》みしめる。

「ブロッサム様、拙者の監督不行き届きでござる……責任をもって駄女神を探し出してまいるゆえに、少し現場を離れる事をお許しくだされ」

「あ……あぁ、わかった」

申し訳なさそうな表情を浮かべながら、深々と頭を下げるホクホクトン。

そんなホクホクトンの様子に、ブロッサムは苦笑しながら頷いた。

それを確認すると、テルビレスの麦わら帽子を握りしめたまま、農園の奥に向かって駆け出していく。

「まったく、あの駄女神め……今日という今日は絶対に許さないでござる！　今夜はおかずを一品減らすでござるからな！　あと、晩酌抜きでござる！　こらぁ駄女神ぃ！　どこ行ったでござるかぁ！」

声を荒らげながら、ホクホクトンは農園の奥へ向かって走っていく。

「……なんのかんの言いながら、面倒見がいいんだよな、ホクホクトンってば。追い出しちゃえばいいのに、なんのかんのでルームシェアを許していて、食事まで提供してあげているんだから」

そんなホクホクトンの後ろ姿を見送りながら、苦笑し続けているブロッサム。

「……なんというか……あの女性は、本当に神界の女神であったのか？　私にはとてもそう見えないのだが……」

ブロッサムの後方からホクホクトンの後ろ姿を見送っていたバリロッサは、眉間にシワを寄せながら首をひねっていた。

「農作業もサボるばかりだし、暇さえあれば酒を飲んで寝ているし……」

「まぁ、ヒヤも認めていたし、一応間違いないんじゃないかな……まぁ、クライロード魔法国の騎士団にもいろんなヤツがいたし、神界の女神様にもいろんな人がいるって事なんだろう」

ブロッサムは苦笑しながら、後頭部をかいている。

「うむ……言われてみれば、それもそうか」

その言葉に納得したのか、バリロッサはその場で頷いた。

「ヒヤと言えば……そういえば、彼女から聞いたのだが、最近辺境でよからぬ話が流れているらしいな」

「あぁ、あれだろ。偽金で人を雇うっていう」

「うむ、クライロード魔法国と魔王軍が休戦したことで、働き場を失った傭兵達を騙《だま》して偽金で働かせている怪しい者達がいて、被害が広がっているとか」

「まったく……いつの世の中も、悪い事をするヤツは絶えねぇな……っていうか、傭兵達も傭兵達だよ……そんな怪しいとこで働かなくても、ブロッサム農園《こ こ》にくれば三食住居付きで雇ってやるのにさぁ……ただでさえ、人手が足りなくて、猫の手も借りたいくらい困ってるってのに……」

ため息を漏らしながら苦笑するブロッサム。

すると、そんなブロッサムの背中に、複数の手が押し当てられた。

「ん？」

振り向くブロッサム。

そこには、自分達の手をブロッサムの背中に押し当てているサベア一家の姿があった。

『バホ！』

『ふんす！』

ブロッサムの言葉を理解しているのか、『僕達もお手伝いするよ！』とばかりに頷いているサベア一家の面々。

「あはは、サベア達も、いっつもありがとな。サベア達の手のお手伝いにはホント助かってるよ！　後で美味《うま》い物食わしてやるからな！」

ブロッサムの言葉に、サベア一家の面々は、嬉しそうな鳴き声をあげた。

「さて、そうと決まれば食事の前に、収穫した野菜をフリース雑貨店に届けに行こうか。今日も売れ行きがいいみたいだしな」

ブロッサムは嬉しそうに笑うと、野菜を積み込んだ荷車に乗り込んでいく。

それを受けて、狂乱熊《サイコベア》姿のサベアが、荷車を引っ張るために前方へ移動した。

すると、荷車の後方にシベア・スベア・セベア・ソベア達が移動し、思い思いに荷車を押すべく、前足を荷車に押し当てていく。

その姿を、バリロッサは感心した様子で見つめていた。

「サベア達は、本当に働き者だな。テルビレス殿にも見習ってほしいものだ」

「とはいえ、あの駄女神様が率先して働いていたら、それはそれで不気味な気がするんだけどな」

「……残念ながら、同意しか出来ないな」

互いに苦笑し合うブロッサムとバリロッサ。

その笑い声が、農園に広がっていった。

◇同時刻・ブロッサム農園近くの山の麓◇

「……あらぁ？　今の声は何かしらぁ？」

山の麓に腰を下ろしている一人の女が、怪訝そうな表情を浮かべながらブロッサム農園の方へ視線を向けた。

……この女。

誰あろう、テルビレスその人であった。


——テルビレス。

元神界の女神。女神の仕事をサボっていたため神界を追放されている。

今は、ホクホクトンの家に勝手に居候し、ブロッサム農園の手伝いをしているのだが、酒好きと生粋の怠け者気質のせいで日々ホクホクトンに怒鳴られる日々を送っている……


「まったくさぁ……この世界の人達ってばぁ、私に対する尊敬の念が足りなすぎなのよねぇ……わかってる？　私ってば、一つの世界の管理を任されていた女神様なのよ！　エリートなのよ！　神界の使徒よりも何倍も偉いのよぉ」

ブツブツ言いながら、手のグラスをぐいっと飲み干した。

「ぷっはぁ～！　しみるわぁ……このお酒……好きぃ」

テルビレスは傍らに置いている酒瓶を抱きかかえると、蕩《とろ》けた笑みを浮かべながら酒瓶に頬ずりしていく。

「まぁ、そんなわけだからぁ……今まで女神の仕事をいっぱいこなしていたんだしぃ、ちょっとこの球状世界でのんびりしたって、バチはあたらないわよねぇ。そうそう、今はあくまでも充電期間なの。今まで頑張ってきた自分へのご褒美ってわけなのよぉ……えへへぇ」

そう言うと、テルビレスは酒瓶の中身をそのまま飲み干していく。

「……んぐっ……んぐっ……っぷっはぁ！　しみるわぁ！　お酒バンザイ！　堕落生活ばんざぁい！」

ふやけた笑みを浮かべながら、思いっきりバンザイするテルビレス。

「ふふふ……小屋に隠していたお酒はぁ、ホクホクトンに全部没収されちゃったけどぉ……まさか、こんなところに隠しているとは、ホクホクトンも思わないでしょうねぇ」

そう言うと、テルビレスは自らが背を預けている巨木の付け根に手を伸ばす。

一見すると、なんの変哲も無い巨木だが、テルビレスの手はその中へと入っていく。

そして、その手が出てくると、そこには新たな酒瓶が握られていた。

この巨木の根っこには、テルビレスが自らの魔法を駆使して作製した酒の保管庫があった。

「ふっふっふぅ♪　家に置いておいたらホクホクトンに没収されちゃうから、こうしてこのあたりに隠しているのよねぇ」

酔いのため、赤くなった頬のまま口元をニヘラァと緩めていくテルビレス。

……その時だった。

「こらぁ！　駄女神ぃ！　どこにいるでござるかぁ！」

先ほどよりもかなり近くから、ホクホクトンの声が聞こえてきた。

「はわわ!?　や、やばいですわ、これはやばいですわ」

それまで嬉しそうに笑みを浮かべ続けていたテルビレスは、目を丸くしながら飛び上がると、手にしていた酒瓶を慌てて酒の保管庫の中へと戻していく。

「お酒が見つかったらホクホクトンに没収されてしまいますからねぇ……は〜い、はいはい！　テルビレスここにいますわよぉ！っていうかぁ、その駄女神っていうの、いい加減やめてくださぁい！」

両手をブンブン振り回しながら、声の方に向かって駆け出すテルビレス。

「うむ!?　そこでござったか駄女神め！」

「だからぁ、その駄女神っていうのはやめてくださいってぇ！」

そんな声を上げながら、農園の方、ホクホクトンの声が聞こえてくる方へ向かって走っていく。

その後方、少し小高い丘の上には、テルビレスの酒の保管庫が設置されている巨木がそびえていた。

◇ホウタウの街・フリース雑貨店内◇

フリオとリースがホウタウ魔法学校へ出向いている頃、フリース雑貨店は今日も多くのお客で賑《にぎ》わっていた。

クライロード魔法国の王都から遠く離れた辺境の都市であるホウタウの街。

そんな都市のはずれに位置しているにもかかわらず、店の中には次々とお客が入店していた。

「いやぁ、このお店って、王都の商店よりも品揃《しなぞろ》えがいいよねぇ」

「しかも、定期魔導船の発着場のすぐ隣にあるから来店しやすいしな」

冒険者の出で立ちをした二人組が店内へ入っていく。

そんな二人の上空を、巨大な魔導船が飛行していた。

フリース雑貨店の隣にある魔導船発着場は、全ての定期魔導船の経由地になっており、クライロード城下街の定期魔導船発着場よりも多くの定期魔導船が往来していた。その光景は今ではホウタウの街の名物になっており、定期魔導船の往来を眺めるためにホウタウの街を訪れる客も少なくなかった。

青空の中を航行している定期魔導船を見上げながら、冒険者達はフリース雑貨店の店内へと入っていった。

「……ん？」

そのうちの一人が入り口をくぐったところで足を止めた。

「どうかしたのか？」

「いや……気のせいか、外見よりも店内がかなり広いような気が……」

冒険者の一人が店内を見回しながら首をひねる。

「言われてみればそんな気がしないでもないというか……そんな事よりも、早く武具を見ようぜ。

この店の武具は相当良いって噂だからな」

「あ、あぁ、そうだな」

仲間の冒険者に促されて、首をひねっていた男は武具の棚へ向かって歩いていく。

そんな二人の男達を、店の天井付近からヒヤが見下ろしていた。


——ヒヤ。

光と闇の根源を司《つかさど》る魔人。

この世界を滅ぼすことが可能なほどの魔力を有しているのだが、フリオに敗北して以降、フリオのことを『至高なる御方《おんかた》』と慕い、フリオ家に居候している。


姿を消した状態で空中に浮かんでいるヒヤは、腕組みをしたまま顎に手を当てていた。

「……ふむ……隠蔽魔法で店内を広くしているのですが……私もまだまだ精進せねばならないようですね」


ヒヤの言葉通り、フリース雑貨店の店内は、ヒヤの空間魔法によって本来の広さよりもかなり広くなっていた。

これは、連日多くのお客が押し寄せるため、入店するのに人数制限を設けなければならなくなっていた事を受けての対応であった。

「定期魔導船のおかげとはいえ、それも至高なる御方の素晴らしい商品があるからこその盛況。このヒヤ、心より感服いたします」

店内を見回しながら、大きく頷くヒヤ。

その時だった。

「なんじゃと！」

店内に怒声が響き渡った。

声の方へ視線を向けるヒヤ。

レジの前、接客をしているウリミナスの前で大柄な男が肩を怒らせていた。

——ウリミナス。

魔王時代のゴザルの側近だった地獄猫《ヘルキャット》族の女。

ゴザルが魔王を辞めた際に、ともに魔王軍を辞め亜人としてフリース雑貨店で働いている。

ゴザルの二人の妻の一人で、フォルミナの母。

ウリミナスの前、レジの上には大柄な男が持って来た商品の野菜類が山積みになっており、その横に貨幣の詰まった布袋が置かれていた。

「お主、今なんと言った！」

「ニャから！　この金は使えニャいと言ってるニャ！」

ウリミナスは、布袋の中から貨幣を一枚取り出すと、それを大柄な男の眼前に突きつけた。

「この貨幣、よく出来てるニャけど、偽金ニャ！」

「ば、馬鹿な事を申すでない！　この金は、ワシが働いて得た金じゃぞ!?」

ウリミナスの眼前に、自らの顔を近づける大柄な男。

体格で倍近い違いのある大柄な男に対し、ウリミナスは一歩も引かずににらみ返す。

「どこで得たのか知らニャいけど、このウリミナスの目はごまかせないニャ！」

「なんじゃと!?」

「なんニャ！」

至近距離で睨み合うウリミナスと大柄な男。

店内に一触即発の空気が漂った。

「なんだ、誰かと思えば、ウーラではないか」

そんな空気の中、ウリミナスの後方から男の声がした。

「うぬ……？」

大柄な男が顔をあげる。

その視線の先、ウリミナスの後方にはゴザルの姿があった。


——ゴザル。

元魔王ゴウルである彼は、魔王の座を弟ユイガードに譲り、人種族としてフリオ家の居候として暮らすうちに、フリオと親友といえる間柄となっていた。

今は、元魔王軍の側近だったウリミナスと元剣士のバリロッサの二人を妻としている。

フォルミナとゴーロの父でもある。


人種族の姿をしているとはいえ、それでも大柄なゴザル。

そのゴザルと同じくらいの巨軀《きょく》を誇る大柄な男は、ゴザルの顔をしばらく見つめると、

「な、なんじゃと!? 人種族の姿をしておるが、貴殿はゴウル殿ではござらぬか!?」

それまで、怒りに満ちた表情を浮かべていたウーラと呼ばれた大柄な男は、その顔に笑みを浮かべると、ゴザルに向かって歩み寄っていく。

「はっはっは、久しいな、息災であったか?」

「ゴウル殿も、お元気そうで何よりじゃわい」

「あぁ、今はゴザルと名乗っておる。以後その名でよろしく頼む」

二人は、そんな会話を交わしながら、豪快に笑いあっていた。

「なんと!? そなたはウーラではないか!」

そこに、店の奥からスレイプが歩み寄ってきた。


——スレイプ。

元魔王軍四天王の一人。

魔王軍を辞し、フリオ家に居候しながら馬系魔獣達の世話などを行っている。

内縁の妻に迎えたビレリーと一人娘のリスレイを溺愛している。


「おぉ！　スレイプ殿までおいでじゃったか！　まさかこのような場所で再びお会い出来るとは！」

ウーラは、スレイプとも抱き合いながら喜びを分かち合っていた。

「スレイプ様ぁ、お知り合いの方ですかぁ？」

そんな二人の後方、店の奥に通じている通路から、ビレリーが姿を現した。


——ビレリー。

元クライロード城の騎士団所属の弓士。

今は騎士団を辞め、フリオ家に居候し馬の扱いが上手《うま》い特技を生かし、馬系魔獣達の世話をしながら、スレイプの内縁の妻・リスレイの母として日々笑顔で暮らしている。


「なんじゃ？　その人種族の女はスレイプ殿のお知り合いか？」

「うむ、紹介しよう。こっちがワシの妻のビレリーでな。娘のリスレイの母でもあるのじゃ」

「なんと！　スレイプ殿は結婚なさっておられたばかりかお子様が出来ておいでじゃったか！　こ

れはまためでたいではないか！」

　ウーラは、楽しくて仕方がないといった様子で豪快な笑い声をあげる。

　そのままビレリーの前に移動すると、ウーラは恭しく一礼した。

「お初にお目にかかるスレイプ殿の奥方様。ワシは鬼族の……」

「ウーラ様、そこまで」

　ウーラの言葉を遮るように、ヒヤがその眼前で姿を具現化させた。

「ここは店の中でございます。昔話は、奥の部屋でゆっくりとなさってはいかがでございますか？」

　これは、ウーラが魔王軍時代のゴザルやスレイプの知り合いの魔族であることを察したヒヤが、店内のお客達が混乱しないようにと配慮した行動であった。

「うむ、そうだな。では、奥で話すとするか」

　ヒヤの意図を察したゴザルは、ウーラを店の奥へと案内していく。

◇◇◇

　フリース雑貨店の奥にある応接室へと移動した一同。

　レジをヒヤに任せ、ゴザル・ウリミナス・スレイプ・ビレリーが、ウーラと顔を合わせていた。

「改めまして、ご挨拶いたす。ワシは鬼族のウーラと申す。ゴザル殿やスレイプ殿とは、ともに魔王軍の一員として戦った仲ですわい」

ウーラはビレリーに向かって恭しく一礼する。

「あ、はい。ご丁寧にありがとうございますぅ。私、スレイプ様の妻のビレリーと申しますぅ」

ウーラに対し、ビレリーは頭が自らの膝にくっつくのではないかという程、深々と一礼した。

そんなビレリーの隣に座っているウリミナスがびっくりしたような表情を浮かべていた。

「に、ニャ？……ゴザルも、スレイプも知ってる魔族かニャ？」

和やかに笑顔を交わし合っている三人を前にして、ウリミナスは困惑した表情を浮かべている。

「うむ、そうだな。ウーラが我らと共に魔王軍に所属していたのは、ウリミナスが私の側近になる前であったからな」

「ニャ……鬼族が配下にいたのは知っていたニャけど……」

「このウーラは、スレイプと同じ古参の者でな。四天王に匹敵する実力を持っていると言われておったのだが……」

「この男……一目惚《ひとめぼ》れした女と添い遂げると抜かして、魔王軍を脱退したんじゃよなぁ」

「はっはっは、若気の至りじゃ、蒸し返すでない」

ゴザル・スレイプ・ウーラの三人は、楽しそうに笑い声をあげていく。

そんな三人を、苦笑しながら見回しているウリミナス。

「……そういえば、双頭鳥《そうとうちょう》フギー・ムギーが四天王に抜擢《ばってき》された時って、四天王になる予定だった魔族にトラブルが発生したって聞いた気がしたニャけど……」

「うむ、それがウーラの件だ」

ウリミナスの言葉に、笑いながら頷くゴザル。

(あの時のゴザルって……この話をしようとしただけで機嫌が悪くなっていたニャから、深く聞けニャかったんニャけど……)

そんな事を考えているウリミナスの前で、楽しそうに笑いあっているゴザル・スレイプ・ウーラの三人。

(魔王軍時代ニャったらあり得ない光景ニャけど……不思議ニャもんニャ……今じゃ、この光景の方がしっくりくるニャ……)

ウリミナスもまた、無意識のうちに、その顔に笑みを浮かべていた。

「あの～……」

そんな四人を見回しながら、おずおずと右手をあげるビレリー。

「皆様、楽しそうに笑っておられるのはいいのですがぁ……さっきは何を探《も》めていたのですかぁ?」

その言葉を聞いたウーラの表情が固まった。

「……おぉ、そうじゃ! 肝心な事を忘れておった! そこなウリミナスよ! ワシが持参した金が偽金じゃと言ったな!」

そう言うと、持ってきた貨幣の詰まった布袋を机の上にドンと置いた。

「この金はな、ワシの村の住人の食糧を調達するために、人種族の国で仕事をして得た金じゃ!それを偽金と……!」

先ほどのように、ウリミナスに向かって怒声を張り上げるウーラ。

「うむ……ウーラよ、気持ちはわかるが落ち着かぬか」

そんなウーラの肩を、ゴザルが摑《つか》んだ。

「お前が働いて得た金というのは本当であろう。お前はそういう嘘《うそ》をつく男ではないからな……だが、ウーラよ、この硬貨はウリミナスが言うとおり偽金だな」

布袋の中から取りだした硬貨を眺めていたゴザルは、眉間にシワを寄せながらウーラへ視線を向けた。

「な……なんじゃと……」

ゴザルの言葉に、ウーラは絶句する。

「よく出来ている硬貨ではあるが……」

そう言うと、ゴザルは硬貨を両手で割った。

「この銀貨……周囲がメッキされているだけで、中身は粗悪な鉱石だ」

「な、なんと……」

ゴザルが真っ二つにした硬貨の断面を、他の面々が一斉にのぞき込む。

人種族の世界で流通している硬貨には、金貨と銀貨、銅貨が存在している。

国によってデザインは異なっているが、使用している素材の量が統一されており、それによって通貨の価値の均衡が保たれていた。

「……確かに、外見と中身が別物じゃな……」

「なんと……このような粗悪な偽金が出回っておるとは……」

「わぁ……これはひどいですねぇ……」

硬貨の断面を見つめながら、思い思いの声をあげていく一同。

絶句したまま固まっていたウーラは、しばらく後、改めてウリミナスへ向き直った。

「ウリミナス殿よ……先ほどは大変失礼した……まさか、偽金を掴まされていたとは思わなかったのじゃ……」

そう言うと、深々と頭を下げるウーラ。

「うニャ……わかればいいんニャ、わかれば」

素直に謝罪するウーラに対し、ウリミナスは苦笑しながら首を左右に振った。

「しかしじゃ……」

そんな二人の様子を交互に見ていたスレイプが首をひねった。

「のう、ウーラよ。お主のような剛の者がなにゆえ、買い出しに出向いて来ておるのじゃ？　お主程の実力があれば、どこかの魔族に召し抱えられていてもおかしくあるまいに……」

「あ、あぁ、それなのじゃが……」

スレイプの言葉に、ウーラは苦笑しながら後頭部をかいた。

「妻と二人の生活を邪魔されたくなくて、山奥でひっそり暮らしておったのじゃが……その妻も亡くなってな」

少し寂しそうな表情を浮かべるウーラ。

「まぁ、妻は短命な妖精族じゃったし、まぁ、それは仕方ないとすでに割り切ってはおるのじゃが……その妻との間に産まれた娘を養うために、正体を隠して傭兵仕事で金を稼いでおったんじゃが……最近、魔王軍と人種族の間で休戦協定が結ばれたじゃろ？」

「えぇ、そうですね」

ウーラの言葉に頷くビレリー。

「でな……そのせいで傭兵の仕事がさっぱりなくなってしまってなぁ……魔獣狩りをしようにも、どこの街の冒険者ギルドもワシのような傭兵仕事を失った者達で溢《あふ》れかえっておってな……村の皆の食糧を確保するほど稼げなくてなぁ……」

「うむ？　村の皆だと？」

ウーラの言葉に、ゴザルは首をひねった。

「なんじゃ、ウーラよ、お主、村の長《おさ》にでもなったのか？　お主は一人で無双するのを得意とするタイプであったと思っておったのだが……」

「あぁ、村の長なぞ、ワシの性に合わんのじゃが……休戦のせいで仕事を無くした魔族達が山賊まがいの悪行に手を染めておるのを見かけてな……んで、そいつらを更生させるために手元に置いて面倒を見てやっておったのじゃが、いつの間にか、ワシの所にくれば飯が食えるという噂が広まったみたいで……んで、そいつらを受け入れていたらいつの間にか、結構な人数が集まってしまってな……ワシの住んでいる集落もいつの間にか、ウーラ村とか呼ばれるようになってってなぁ……」

「……それで、お主を慕って集まった魔族達の面倒を見てやっている、というわけか？」

「仕方あるまい。集まってきたのはほとんどが低級の魔族共じゃからな。魔素をコントロール出来んから、人種族の下で働くことも出来んし……かといって、魔族の下で働くにしても、力無き者達は足元をみられてまともな給金など期待出来んからな……」

ゴザルの言葉に、ウーラは眉間にシワを寄せながら言葉を続ける。

「ふむ……じゃが、魔王に相談すれば、何かしらの手を……」

「はぁ!?」

再びのゴザルの言葉に、ウーラは目を丸くした。

「馬鹿を言うでない！　ゴウルよ、お主が魔王であれば、それも考えたがな……今の魔王は、あのユイガードであろう？　今はドクソンと名を変えておるようじゃが、あの自分の力こそ正義の暴君に、何を期待しろというのじゃ!?　一度だけあの魔王の軍事行動に傭兵として加わったことがあるのじゃが……砂漠の中を作戦も何もなくただただ彷徨《さまよ》うばかりでな……危うく命を落とすところじゃったんじゃ……あんな無能に、何を期待しろというのじゃ!?」


砂漠の行軍。

それは、ユイガードと名乗っていた時代の現魔王ドクソンが、反乱を起こしたザンジバルを討伐すべく自らが魔王軍の大半を率いて出兵した行軍のことであった。

しかし、この行軍はまともな斥候を出すことなく、ユイガードの勘に頼った行き当たりばったりの行動を繰り返すばかりで、ほとんど成果を上げることが出来ず、魔王軍を崩壊一歩手前にまで追い込んでしまった歴史的な愚行として、魔王軍歴史書に刻まれていたのであった。


顔を真っ赤にしながら声を張り上げるウーラ。

人種族の姿に変化しているとはいえ、かなり大柄なため、その迫力はかなりのものだった。

魔族であるゴザル・スレイプ・ウリミナス達はそれでも涼しい顔をしていたのだが、人種族であるビレリーは思わず笑顔を引きつらせてしまう。

(……あ〜……結婚する前のゴザルさんと同席していた時のバリロッサって、こんな気持ちだったのかしらぁ……い、今ならとっても理解出来るわぁ)

内心で、そんな事を思いながらも、ビレリーは笑顔を崩さぬように必死になっていた。

そんなビレリーの様子に気付いたスレイプが、ビレリーの肩に優しく手を置いた。

「ウーラよ、怒る気持ちも分からぬではないが……とにかく、これからの事を話し合おうではないか」

「あ、あぁ……そうじゃな……すまん」

スレイプの言葉で冷静さを取り戻したウーラは、申し訳なさそうな表情を浮かべながら頭を下げた。

「それでウーラは、ウチの店で野菜を買って帰ろうとしていたみたいニャけど……持って来た金が全部偽金ニャったわけニャし……これじゃあ、商品を持って帰ってもらうわけにはいかニャいというか……」

「う、うむ……それに関しては、理解してはいるのじゃが……村の皆の食い物を買うために、鉱石採掘を目一杯頑張ってきただけに……今から新しい仕事を探すにしても、ワシのように身元がはっきりせぬ者を、高額な賃金で雇ってくれる者なぞ、そうはおらぬし……」

「いや、ウーラよ。身元がしっかりしない者に大金を支払うという、その者にこそ疑問を持つべきではないのか?」

「あぁ……いや、ゴザル殿……そう言われてしまうと、申し開きも出来ぬのじゃが……だが、ワシを慕っている者達を飢えさせぬためには……」

ゴザルの言葉に、ウーラは苦渋に満ちた表情を浮かべる。

その時だった。

小さなノック音とともに、応接室の扉が開いた。

「あの、ちょっとお邪魔しますね」

ウーラが言葉に窮している応接室に、フリオが入ってきた。

その後方には、リースとブロッサムが続いている。

「うぬ……お主達は?」

「あ、はい。僕は、このフリース雑貨店の責任者をしている、フリオと申します」

「なんと!? 貴殿が、この店の!?」

慌てて席から立ちあがったウーラは、フリオに向かって頭を下げた。

「その……なんと言えばいいのか……知らなかったとはいえ、ワシは偽金でこちらの店の商品を購入しようとしてしまい……」

「あ、はい。そのあたりの事情は、レジ係をしていたヒヤから聞いています」

フリオはその顔にいつもの飄々とした笑みを浮かべながら、ウーラへ視線を向けている。

その右隣では、不機嫌そうな表情をしたリースが腕組みをしたままウーラを睨み付けていた。

「まったく……旦那様の店で偽金を使おうだなんて……ちょっと懲らしめる必要がありそうですわね」

両手の先を魔獣化させながら、ピリピリした雰囲気を周囲にまき散らしている。

そんなリースの後方、入り口から入ってきたブロッサムは、大慌てしながら両手を振った。

「ま、まぁまぁ、リース様。とりあえずこの鬼の人もさ、悪かったって謝っているわけだし……そ、そんなに怒らなくても……ねぇ……」

明らかに怒っているリースを前にして、ブロッサムは額に冷や汗を流しながらもどうにかこの場の空気を変えようと、笑いを浮かべながら言葉を続けている。

そんな二人の様子に、フリオは思わず苦笑を浮かべた。

「で、ウーラさんは、僕の店で食べ物を購入して、それを村の皆さんの下に届けようとなさっていたんですよね」

「あ、あぁ、そうなんじゃ。何しろ、ここの野菜は品質が最高で、それでいて良心的な価格で販売しておると、もっぱらの噂じゃったからな。もっとも、実際に商品を見させてもらったが、その噂に嘘偽りはなかったし……どうにかして購入して帰りたいのじゃが……どうじゃフリオ殿よ、ワシをこの店で働かせてはくれんか？　ここにおるゴザル殿やスレイプ殿であればワシの事をよく知っておるのじゃが、力仕事であればお力になれること請け合いじゃ」

フリオの前でウーラは両腕に力を込めて力こぶを作り、上半身の筋肉を誇示する。

そんなウーラに、小さくため息をもらすリース。

「力仕事でしたら、元静かなる耳の者達や、元スレイプ親衛隊の魔馬族達で十分人数が足りておりますわ……まぁ、事情が事情だけに、なんとかしてあげたいのは山々ですけど……」

リースは、フリオの店に偽金を持ち込んだことに対する憤りと、村の者達のために食糧を確保したいというウーラの思いに対する同情の気持ちが混在し、複雑な表情を浮かべていた。

「あ、あのさ……リース様、フリオ様」

ここで、ブロッサムがおずおずと右手をあげる。

「どうしたのですか、ブロッサム？」

「あ、あのですね……ちょっと提案なんですけど。ウーラさんに、アタシの農園で働いてもらうっていうのは、どうかなと思いまして」

「ブロッサムの農園で？」

「えぇ、定期魔導船のおかげで販路が広がった上に、結構評判がよくて、野菜の生産量をあげるために農園の開拓を考えているんですけど、いかんせん人手不足で困ってまして……」

「あらぁ？」

ブロッサムの言葉と同時に、部屋の中にダマリナッセが姿を現した。


——ダマリナッセ。

暗黒大魔法を極めた暗黒大魔導士。

すでに肉体は存在せず、思念体として存在している。

ヒヤに敗北して以降、ヒヤを慕い修練の友としてヒヤの精神世界で暮らしている。


宙に浮かんだまま、ダマリナッセは腕組みをしてブロッサムを見下ろしている。

「人手不足とは心外ねぇ。野菜の収穫や、農地の開発は、ヒヤ様やマホリオン、それにこのアタシが魔法で手伝ってあげるって言ってるじゃなぁい?」

ダマリナッセは不満そうな表情を浮かべながら、ブロッサムへ視線を向けている。

そんなダマリナッセに、苦笑しながら顔を向けるブロッサム。

「あ、いや……その申し出は本当にありがたいと思っているんだよ。ヒヤ達が農園の一角を使って試験的に栽培している魔法野菜も好評だしさ、その管理を魔法でしているのもすごいなって思うし、ついでに、アタシの農園の手伝いも魔法で、って常々言ってくれてるのは本当にありがたいんだけどさ……」

苦笑しながら後頭部をかいていたブロッサムは、キリッと表情を引き締めながら改めてダマリナッセへ視線を向けた。

「……でもさ、やっぱりアタシが管理している農園の作業は、この手で行いたいんだよ……人種族の、農家の娘としては、さ……」

ニカッと笑みを浮かべるブロッサム。

その笑顔を見つめながら、フリオは、

「……えっと……ブロッサムって、元々はクライロード魔法国の騎士として一人前になりたかったんじゃぁ……」

思わずそんな言葉を口にした。

そんなフリオに、ブロッサムは再び苦笑しながら後頭部をかいた。

「あ、いや、そ、それはそれ、これはこれといいますか……と、とにかくですね……力仕事をいとわないっていうのであれば、ぜひアタシの農園で働いてほしいって思うんだけどさ。幸い、ウチの農園の野菜を気に入ってくれているみたいだし、働いてくれるんだったら、給金に加えて食事の保証もするけど、どうかな？」

「うむ！　なんとありがたい申し出じゃ！」

ブロッサムの言葉に目を丸くするウーラ。

ブロッサムの下に駆け寄り、その両手をガッチリと握り締めていく。

「それはもう、願ってもないことじゃ！　ぜひ！　ぜひお願いしたい！」

「そう言ってもらえたらアタシも嬉しいよ……そう言えば……」

ウーラとガッチリ握手を交わしながら笑みを浮かべているブロッサム。

「あんたの村の住人達もさ、もしよかったらアタシの農園で働かないか？　もちろん給金や食事の保証もさせてもらうからさ」

「う、うむ……確かにありがたい申し出なのじゃが……ワシの村の者達は、魔素をコントロール出来ぬ者が多くてな……」

ウーラの表情がみるみる曇っていく。

「あぁ、魔素の事でしたら気にしなくていいですよ」

フリオは、その顔にいつもの飄々とした笑みを浮かべていた。

「な、なんじゃと!?」

その言葉に、再び目を丸くするウーラ。

そんなウーラの眼の前に、フリオは右手を差し出した。

その手の中には魔石が握られており、その魔石は水色の光を発していた。

「この魔石なんですけど、周囲の魔素を中和する効果がありまして、魔族の方から魔素が排出されても、瞬時に無害化することが出来るんです」

「な、な、な、なんじゃとぉ!?　そ、そ、そ、そんな物まで販売しておるのか、この店では!?」

「これはある方に依頼されて研究していた品物でして、最近になってようやく実用化の目処《めど》が立ったところなんですよ。よかったら、この魔石の効果の検証を兼ねて、ブロッサムの農園の近くに村ごと引っ越ししてみられませんか？」

「うむ！　そういう事であればぜひお願いしたい！　村の者達がブロッサム殿の農園で働く事が出

来るようになれば、これからはワシが長期間働きに出なくて済むからなぁ」

そう言うと、ウーラは応接室の出口に向かって早足で歩きはじめた。

「そうと決まれば、善は急げじゃ！　今から村に戻ってすぐに移住の準備をじゃな……」

「あ、ちょっとウーラさん」

「うむ？　なんじゃ、フリオ殿？」

フリオに呼び止められ、足を止めるウーラ。

「ちょっと失礼しますね」

そんなウーラの額に、フリオは自らの右手の人差し指を当てた。

指先が光を発し、魔法を展開しているのがわかった。

「……ウーラさんの村は、クライロード魔法国の東のはずれ……森の奥にある小山の山頂付近にあるんですね」

「な、何!?　た、確かにその通りじゃが……フリオ殿は、魔法で索敵することが出来るのか？」

「そうですね。ちょっと魔法を得意にしているものですから」

びっくりしているウーラに、フリオはいつもの飄々とした笑顔を向ける。

「……山の周囲には魔素が充満していて、魔獣達も近寄らないみたいですね……」

「うむ、そうなんじゃ……そのせいで、村の皆はワシが帰るまでは野草でどうにか食いつなぐ有様でな……少し前までは、傭兵仕事で稼げておったのじゃが」

「人数は、総勢五十人といったところですか……皆さん、移住してもらって大丈夫なんですか？」

「あぁ、それは問題ない。どこか移住に適した土地があれば、移住しようと、皆とも話しておったからの」

「……そうですか……では」

そう言うと、小さく詠唱するフリオ。

詠唱が早く、その内容まで聞き取れなかったウーラは、怪訝そうな表情を浮かべながら首をひねっていた。

数秒後。

フリオは、いまだに首をひねり続けているウーラに対し、その顔にいつもの飄々とした笑みを浮かべた。

「はい、移住が完了しました。住居もあるみたいでしたので、小山ごと転移しておきました」

「は？」

フリオの言葉に、ウーラは目を丸くしたまま固まっている。

（こ、この男は何を言っておるのじゃ？　移住が完了した……って、この場で何やら魔法を詠唱しただけではないか……村を山ごと転移させるとなれば、もっとでっかい魔法陣を展開して、ド派手な詠唱を時間をかけてじゃな……）

頭の中でそんな考えを巡らせているウーラ。

そんなウーラの前で、フリオは飄々とした笑みを浮かべ続けていた。

◇同時刻・ホウタウの街フリオ宅◇

フリオ宅の近隣に広がっているブロッサム農園。

その一角には、チャルンが管理している茶葉園があった。

「カルシーム様、今日も茶葉の採取をお手伝い頂きまして本当にありがとうございます」

手に持っている籠の中に、茶葉を摘み取っていたチャルンは、笑顔で声をあげた。

――チャルン。

かつて魔王軍の魔導士によって生成された魔人形。

破棄されそうになっていたところをカルシームに救われ以後カルシームと行動を共にしており、今はカルシームと一緒にフリオ家に居候している。

すると、チャルンの近くの茶葉の木の合間から、カルシームがひょっこりと頭をのぞかせた。

――カルシーム。

元魔王代行を務めていたこともある骨人間族《スケルトン》。

一度消滅したもののフリオのおかげで再生し、今はフリオ宅に居候している。

「うむ、チャルンちゃんが美味《おい》しいお茶を淹れるためじゃからな。ワシが協力するのも当然じゃ」

骨人間族《スケルトン》のカルシームは、骸骨の顎の骨をカタカタさせながら、楽しそうに笑い声をあげる。

そんなカルシームを笑顔で見つめているチャルン。

黒を基調としたゴスロリ衣装に身を包んでいるチャルンは、カルシームに向かって恭しく一礼した。

「そう言って頂けますれば、このチャルン、歓喜の極みでありんすえ」

「うむうむ、そう言ってもらえると、ワシも本当に嬉しいのじゃ」

カルシームは顎の骨をカタカタ言わせながら、チャルンの側へ移動していく。

そこに、

「パーパ！　マーマ！」

満面の笑みを浮かべながら、ラビッツが駆け寄ってきた。


——ラビッツ。

カルシームとチャルンの娘。

骨人間族《スケルトン》と魔人形の娘という非常に稀少な存在。

カルシームの頭上にのっかるのが大好きで、いつもニコニコしている。

「おぉ、ラビッツちゃん。大人しく遊んでおったかの……うわっぷ」

笑顔のカルシームに対し、兎《うさぎ》よろしく四つ足でピョンピョン跳ねていたラビッツは、一挙動でカルシームの頭部に抱きついていき、カルシームの頭頂部にスリスリと頬ずりを繰り返していく。

「これ、ラビッツ。カルシーム様の頭に抱きつくのは止《や》めるように言っているではありんせんか。カルシーム様の頭蓋骨が、また外れてしまいかねませんゆえ……」

チャルンは苦笑しながらラビッツの背中をさすった。

そんなチャルンに、ニパッと笑みを向けたラビッツは、

「マーマ！　やま！　やま！」

嬉しそうに声を上げながらチャルンの後方を指さした。

「やま？……で、ありんすか？　あちらは、ちょっとした丘が広がっているだけではありんせんか……」

怪訝そうな表情を浮かべながら、ラビッツが指さした方向へ視線を向けた。

……次の瞬間。

チャルンは目を丸くし、その場で固まってしまう。

「……あ、あの……カルシーム様……」

「うむ？　ど、どうしたんじゃ、チャルンちゃんや」

「いえ、あの……茶畑の側に、あんな山なんてありんしたでしょうか……」

「山じゃと？」

どうにかラビッツを後頭部側へと移動させ、視界を確保することが出来たカルシームは、ラビッ

ツが指さしている方向へ視線を向けた。

そこには、見慣れた丘……ではなく、見慣れない小山がで～んと鎮座していたのであった。

この小山こそ、先ほどフリオが魔法によって転移させたウーラの村のある小山なのであった。

通常であれば、巨大な魔法陣を展開し、長時間の詠唱によって発動することが可能となる上級魔法を、フリオは短い詠唱のみで使用したのであった。


「……うむ、山じゃな……」

「……えぇ、山で、ありんすね……」

「やま～！　やま～！」

事情を知らないカルシーム・チャルン・ラビッツの三人は、突如出現した小山を、ただただ見つめ続けることしか出来ずにいた。

◇クライロード魔法国・玉座の間◇
「……そうですか、そんな事が……」

玉座に座っている姫女王は、眼前で片膝を突いている諜報員の言葉を聞き終えると、小さくため息をついた。

――姫女王。

クライロード魔法国の現女王。本名はエリザベート・クライロードで、愛称はエリー。

父である元国王の追放を受け、クライロード魔法国の舵取《かじと》りを行っている。

国政に腐心していたため彼氏いない歴イコール年齢のアラサー女子。


「……許可を得た業者しか採掘を許されていない稀少な鉱石を秘密裏に採掘したり、その鉱石を非合法なルートで輸送して売りさばいたり……。しかも、その取引に偽金が使用されているなんて……」


「まったく……魔王軍と休戦協定が結べたと思ったら、今度は偽金ですのん？　姫女王お姉様や関係者の皆々様のおかげでようやく平和が訪れましたのに、本当に許せませんですわん」

姫女王の言葉に、その右隣に控えていた第三王女が憤懣《ふんまん》やるかたないといった様子で頬を膨らませていた。


――第三王女。

姫女王の二番目の妹で、本名はスワン・クライロード。

姫女王の片腕として、貴族学校を卒業して間もないながらも主に内政面を任されている。

姫女王の事をこよなく愛しているシスコンでもある。

「戦争利権で儲《もう》ける事が出来なくなった地方貴族か、悪徳商人の仕業に決まっていますわん！　早速その方面で調査を……」

スカートの裾を乱雑に持ち上げながら、玉座の間を後にしようとする第三王女。

「ちょっと待ちなって、第三王女」

そんな第三王女を、姫女王の左隣に控えていた第二王女が呼び止めた。

――第二王女。

姫女王の一番目の妹で、本名はルーソック・クライロード。

姫女王の片腕として、魔王軍と交戦状態だったクライロード王時代から外交を担当し、他の人種族国家と話合いを行っていた。

ざっくばらんな性格で、普段は姫女王にもフランクに話しかける。

「第二王女お姉様、どうしたのですのん？　今は一刻も早く情報を収集して、即座に対応すべき案件だと思いますわん」

「その考えには賛同だけど、ちょっと待ってってって」

大きなため息をつくと、姫女王と第三王女の間へ歩を進める第二王女。

「あのさ……今回の事件が、クライロード魔法国内の貴族の手によるものなら、騎士団を動員すればいいだけの話なんだけどさ……今回の事件ってば、どうもそんな簡単な内容じゃなさそうなんだよね」

「第二王女……それはどういうことですか？」

第二王女の言葉に、姫女王は表情を厳しくする。

「……まだ、未確定の情報なんだけどさ……この偽金事件には、他国が絡んでいる可能性があるんだよね」

「な、なんですのん⁉」

第二王女の言葉に、第三王女は目を丸くする。

「……だからさ、クライロード魔法国《アタシ達》も迂闊《うかつ》に動くわけにはいかないっていうか……他国を疑う以上、それ相応の証拠を摑んでからじゃないと、話合いすら出来ないっていうかさ……」

「くぅ……なんて忌々しいですのん！」

第二王女の言葉に、第三王女は悔しそうに地団駄を踏んだ。

「落ち着きなさい第三王女」

そんな第三王女に、姫女王が落ち着いた口調で語りかける。

「確かに、急いで対処すべき案件なのは間違いありません。ですが、第二王女の言うとおり、他国が関与しているとなると、下手に動くと国同士の諍《いさか》いに発展してしまいかねません。ようやく魔王軍との間に平和が訪れた今、余計な争い事を起こすわけにはいきません。まずはしっかりと情報収集を行い、その上で改めて対応を検討いたしましょう」

そう言うと、静かに席を立つ姫女王。

「早速、私は協力者の方の下へ出向き、相談してまいりますわ」

「よろしくお願いいたしますのん」

姫女王に対し、第三王女はスカートの裾を優雅に持ち上げながら恭しく一礼する。

その隣で、第二王女も頭を下げていく。

「んじゃ、その方の長男様にも、よろしくお伝えくださいませ」

第二王女の言葉に、平静を装いながらも頬を真っ赤にしてしまう姫女王。


姫女王が、フリオの事を相談役として頼っているのは、一部の城の者達には公然の秘密となっていた。

そして、フリオの長男であるガリルと恋人同士になっていることも……


「姫女王お姉様？　その長男様って、なんですのん？」

「な、なんでもありませんわ！」

怪訝な表情を浮かべている第三王女に対し、少し慌てた口調で返答を返した姫女王は、足早に玉座の間を後にしていった。

そんな姫女王の後ろ姿を、悪戯《いたずら》っぽい笑顔で見送っていた第二王女。

（父さんが犯罪行為に手を染めていたせいで、いつも一人で重圧に耐えながら国政を担っていた姫女王姉さんだけど……ようやくいい人が出来たみたいで、安心したよ……外交担当のアタシとしては、各国からのお見合い話を断るためにも、とっとと婚約なり結婚なりしてほしいとこなんだけどねぇ）

第二王女はそんな事を考えながら、クスクスと笑みを浮かべ続けている。

「あの、第二王女お姉様、先ほどのお言葉はどういう意味ですのん？　その、長男様というのは……」

「あぁ、それに関しては、第三王女がもう少し大きくなってから説明してあげるよ」

「もう！　なんですのん！　私は騎士学校も卒業して、もう立派な大人ですわん！　いつまでもお子様扱いしてほしくありませんのん！」

「あはは、まぁ、そう言うなって」

顔を真っ赤にして怒る第三王女を、クスクス笑いながらからかい口調の第二王女。

そんな二人が言い合いを続けている玉座の間に、姫女王の姿はすでになかった。

◇とある森の中◇

とある森の中。

その中に、一本の街道が延びていた。

街道とはいうものの、あまり人通りがないらしく、一見しただけではとても街道には見えないその道を一台の荷馬車が進んでいた。

「うむ、今回の仕事はなかなかいい儲けになるな」

荷馬車の中、座席に座っている金髪勇者は楽しそうな笑みを浮かべていた。

「そうですねぇ、荷物運びをするだけで、こんなにたくさんのお金をくれるなんて、ほんといい依頼主ですよねぇ。素性をほとんど明かしてくれないのがぁ、ちょおっと気になりますけどぉ」

金髪勇者の隣で、ツーヤもその顔に満面の笑みを浮かべていた。

手にしている金貨の詰まった布袋を頬にあて、愛《いと》おしそうに頬ずりし続けている。

「最初に半金を支給されているから、前みたいにただ働きさせられる心配もありませんものねぇ。せっかくですから、今夜はそのお金で美味しい物を食べましょう」

金髪勇者の向かいに座っているヴァランタインも、嬉しそうに笑みを浮かべていた。

「そうですねぇ、こんなに前金を頂けているのですから今夜くらいは贅沢《ぜいたく》してもバチは当たりませんわねぇ」

ヴァランタインの言葉に、ツーヤも笑顔で頷いた。

「いひひ、そりゃ嬉しいねぇ♪　今夜はパーッといこうぜ！　パーッと」

ヴァランタインの隣で、後頭部で腕を組みながら足をブラブラさせているガッポリウーハーも、嬉しそうな笑い声をあげる。

金髪勇者は、腕組みをしたままそんな一同を見回した。

「うむ、斥候にでているリリアンジュも間もなく戻ってくるだろうし、今夜は近くの街でパーッと飲み食いするとしよう」

「さすが金髪勇者様ぁ！」

「さっすが！　話がわかるねぇ」

『自分も、今夜ばかりは羽目をはずさせていただくであります！』

金髪勇者の言葉を受けて、荷馬車の中に一際大きな歓声があがる。

荷馬車に変化しているアルンキーツの声も、荷馬車内に反響していた。

そんな一同を、ツーヤは笑顔で見つめている。

（……えっと……と、とりあえず、まずは安くて量の多い食べ物を多めに出してもらってぇ、それでみんなのお腹《なか》を膨れさせてですねぇ……お酒もぉ、最初は高価なお酒を出しておいてぇ、皆さんが酔っ払った頃合いを見計らってぇ、安くて量だけは多いお酒に変えてもらってぇ……場合によってはぁ、お水を加えてかさ増しして……少しでも節約しないとぉ……）

笑顔の下で、今夜の飲み会の節約計画をあれこれ考えているツーヤ。

（……確かにぃ、いいお金になるお仕事にありつけていますけどぉ……いつまでもこんな美味しい仕事が続くとは思えませんしぃ……だ、だからこそぉ、今のうちから少しでも貯蓄しておかないとぉ……金髪勇者様のパーティーのお財布を預かる者として……者としてぇ……）

そんな考えを頭の中で巡らせながら、硬貨の詰まっている布袋をギュッと握りしめていた。

『しかし、依頼主からの指定とはいえ、この街道は走行しにくいでありますな』

「うむ、旧街道とかなのかもしれぬな」

『いえ……むしろほとんど使用されたことがないと言いますか、使われなさすぎて獣道と化しているようでありますな。まぁ、検問とかがなくて、ありがたいのでありますが』

「そうだな……不本意ながら、私はクライロード魔法国に指名手配されているからな……」

アルンキーツの言葉に、腕組みをしながら首をひねる金髪勇者。

「……確かに妙ではあるが……先行しているリリアンジュからの急報もないわけだし、このまま進むとしよう。

アルンキーツよ、とにかく気を付けて進んでくれ」

『了解したであります！』

金髪勇者の言葉に、アルンキーツは気合いの入った声を返す。

「まぁまぁ、そこは依頼主の指定なんだし、気にしなくてもいいじゃんか！　そんなことより、早く街に行こうぜ！　美味い酒！　美味い食い物！」

「そうねぇ、ウーハーに賛成ですわぁ！」

ガッポリウーハーとヴァランタインは、楽しそうに笑い合いながら肩を抱き合っている。

（……ふむ……嫌な感じがしないでもないのだが……さて、どうしたものか……）

金髪勇者は、馬車の中で腕組みをしたまま考えを巡らせ続けていた。

そんな会話を交わしている一同を乗せたアルンキーツの荷馬車は、森の中を進み続けていた。

◇魔王城・玉座の間◇

魔王城の二階にある玉座の間。

この城の主《あるじ》である魔王ドクソンは、今日も玉座の前に、どっかと腰を下ろしていた。

そんな魔王ドクソンの隣に控えている側近のフフンは、右手の人差し指で伊達《だて》眼鏡をクイッと押し上げた。

「……あの、魔王ドクソン様」

「あ？　なんだ、フフンよ」

「僭越《せんえつ》ながら申し上げます。自らがまだ魔王の器ではないと称して、玉座に頑《かたく》なに座られないのは、初心忘るべからずとも言いますし、悪いことではないと思うのですが……クライロード魔法国との間に休戦協定を結び、魔族領に住まう魔族達とも良好な関係を再構築することに成功なされた今の魔王ドクソン様でございましたら、玉座に座られましても誰も異議は唱えないかと思うのでございますが……」

言い終えると、再度眼鏡をクイッと押し上げるフフン。

そんなフフンを一瞥《いちべつ》すると、魔王ドクソンは小さく息を吐いた。

「……気持ちはありがたいが……まだ駄目だ。この俺様自身が、異議を唱えているからな」

「ですが……」

「気持ちはありがてぇが、その話題はここまでにして、連絡事項を頼む」

「は、はっ。了解いたしました」

フフンは一礼すると、手に持っている書類へ視線を向ける。

「四天王ザンジバル様より、魔族領内で不穏な噂があるとの連絡が参っております」

「不穏な噂だ？」

「はい、辺境の地において、偽金を使って魔族に仕事をさせている者達がいるらしいとのことで、真偽を確かめるべくザンジバル様自ら現地に出向かれているとのこと」

「ふむ……そうか、その件に関して何かあったら、逐一報告せよ。この件は、ザンジバルに任せる」

「了解いたしました」

魔王ドクソンの言葉に、恭しく一礼するフフン。

（……ユイガード時代の魔王ドクソン様でしたら、部下を信用することなく、後先考えることなく自ら出向くと言って即座に出立なさっていたはずですのに……）

「で、他には？」

「はい。ネロナ様と、セリナフォット様、スノーホワイト様の御三方《おさんかた》が、面会を求めて……」

フフンがそこまで言ったところで、魔王ドクソンはがっくりと肩を落とし大きなため息を漏らす。

「まぁた、あの三人か？　昨日も来たばっかじゃねぇか……」

「そうですが……皆様、有力魔族の代表として面会を求めておいでですので……」

「有力魔族の代表と言えば聞こえはいいが……要は俺の嫁になるために、ご機嫌伺いに来ているだけじゃねぇか……」

魔王ドクソンの言葉通り……

北方のダークエルフの姫で、魔王ドクソンの幼なじみのネロナ
西方の魔族の長の娘セリナフォット
御伽《おとぎ》族の姫スノーホワイト
この三名は、魔王ドクソンの嫁となるべく、各部族から送り込まれた嫁候補なのであった。
もっとも、一度行われた料理対決において、三人ともフフンに敗北し、一度身を引いていたのだが……魔族を再びまとめ、名君としての声望を高め続けている魔王ドクソンを前にして、ここにきて再び嫁アピールを再開していたのであった。

再び大きなため息を漏らすと、魔王ドクソンはゆっくりと立ち上がった。

「……とりあえず、俺は用事で出かけるから、今日の面会は断ってくれ」

「どちらへ出向かれるのですか？」

「あぁ、城の前にあるフリース雑貨店だ。あの店に依頼している、魔素中和魔石がどうなったか確認してくる」

「魔素をコントロール出来ない魔族が、人種族に害をなさぬように、と、生成を依頼された、あの魔石でございますか？」

「あぁ、その魔石が完成すれば、人種族との交流ももっと盛んになるだろうからな」

ため息をつきながら、玉座の間を後にしていく魔王ドクソン。

その後ろ姿を、フフンは恭しく一礼しながら見送った。

「……では、お三方の面会希望は、急ぎの用件につき本日はお断りさせていただく旨、お返事を返しておきますわ」

そう言うと、眼鏡をクイッと押し上げるフフン。

そんなフフンの様子を、脇に控えていた四天王の一人幼女型《ロリータタイプ》狂科学者《マッドサイエンティスト》のコケシュッティは、

（……はてはて？　気のせいでしょうか……フフン様がなんだか嬉しそうな表情を浮かべておいでな気がするのですです）

そんな事を考えながら、フフンの様子を横目で見つめていたのだった。

◇ホウタウの街・フリオ宅◇

ウーラの村が、山ごと転移してきた翌朝。

いつものように農園で作業を開始したばかりのブロッサムの背後に、数十人の鬼族の者たちが整列した。

「うむ、よい朝だな、ブロッサム殿」

その真ん中に立っているウーラが、豪快に笑いながらブロッサムのもとへ歩み寄った。

「やぁ、ウーラ。昨日はよく眠れたかい？　はじめての土地で、何か困ったことはなかったかい？」

「うむ、はじめての土地と言っても、フリオ殿のおかげで、いつも暮らしている家ごと転移してもらっておるからな。問題なぞござらぬというか、昨夜は腹いっぱい食わせてもらえて、むしろいつも以上に快適な一夜であったわい」

再び豪快に笑うウーラ。

そんなウーラのもとに、フリオとリースが歩み寄ってきた。

「どうやら昨夜は問題なかったみたいで何よりです」

「おぉ！　フリオ殿！」

フリオの姿を確認したウーラは、即座にそのもとへ駆け寄っていき、その手を両手でがっちりとつかんだ。

「貴殿のおかげで、ワシ等《ら》村人一同、飢えにおびえることなく生活出来る安住の地を得たのじゃ、本当にありがとう……ありがとう」

その目から豪快に涙を流しながら、フリオに向かって何度も頭を下げるウーラ。

「泣いたり笑ったり、忙しい鬼ですわね、ほんと」

そんなウーラの姿に、リースは思わず苦笑する。

「ですが、ウーラ。それにその配下の者たち。旦那様の配下に加わる以上、決して仕事の手を抜いてはなりませんよ？　旦那様の足を引っ張るようなことがありましたら、この私が許しませんからね……」

冷たい視線をウーラ達に向けながら、右腕だけを牙狼族のそれに変化させるリース。

その姿に、鬼族の者たちは思わず背筋を冷たくした。

しかし、そんな一同の中でただ一人、長のウーラだけは、

「うむ、わかっておる。そのような恩知らずな者がおれば、奥方よりも先に、このワシが始末をつ

ける所存」

落ち着いた表情を浮かべ、口を真一文字に結びながら、ドンと胸をたたいていた。

（さすがは鬼族の長の人だな……リースのあの表情を前にしても、普通にしているなんて……）

その様子に、フリオはいつもの飄々とした笑みをその顔に浮かべる。

「さて、そんなわけで、昨夜の歓迎会の御恩に報いるべく、今朝は特に気合いを入れて仕事をさせていただきますからな、がっはっは！」

豪快に笑うウーラ。

そんなウーラに合わせるかのように、

「昨夜はごちそうさまでした！」

「とってもおいしかったです！」

「奥方様の料理、本当に最高でした！」

鬼族の者たちは、リースに向かって口々にお礼を述べていく。


昨夜……

ブロッサム農園裏に転移してきた鬼族達を歓迎するために、鬼族の集落で宴会を開いたフリオ。

その料理を中心になって担当したリースだったのだが、大家族であり、かつ大飯食らいの多いフリオ家で食事当番を務め続けているおかげで、その料理スキルがすさまじい勢いで上達しており、そんなリースの料理を口にした鬼族たちは、皆感涙を流し歓喜したのであった。

「喜んでもらえたのなら何よりですわ。では、旦那様のために、料理の分まで目いっぱい働いてくださいね」

「うぉぉぉぉ！」

「奥方様万歳！」

「奥方様のためなら死ねる！」

リースの言葉に、口々に気勢をあげながら畑に入っていく鬼族の者たち。

そんな鬼族の者たちの前に、ゴブリンのマウンティとホクホクトンが駆け寄った。

「う、うむ、皆、まずはワシ等の指示に従ってくれ」

「あ、あぁ、まずはだな、こちらの畝に集合してほしいでござる」

鬼族の者たちは、マウンティ達の指示に従いながら畑の中を移動していく。

「なんといいますか……ちょっとすごい光景ですわね」

「そうなのかい？」

「はい。鬼族は、ゴブリン族の上位種にあたります。力を重んじる魔族の鬼族が、自らの下位種族であるゴブリン族の言う事を聞くなんて……少なくとも、私がいた頃の魔王軍では絶対にありえませんでしたわ」

怪訝そうな表情を浮かべながら、リースは鬼族の様子を見つめている。

そんなリースの肩に、そっと手を置くフリオ。

「それだけ、時代が変わってきているってことじゃないかな……頑張れば、いつかきっとみんなが幸せになれる世界を作ることができるって、僕はそう思っている。僕とリースが、こうして分かり合えたように、さ……」

「旦那様……」

フリオの言葉に、リースは頬を赤く染める。

至近距離で見つめあう二人。

そっと目を閉じるリース。

リースに顔を近づけるフリオ。

二人の顔が重なろうとした、その時……

「あ～～～!?」

農場中に、女の悲鳴にも似た叫び声が響いた。

その声で、我に返ったフリオとリースは、ハッとなりながら、慌てて距離をとっていく。

「ご、ごほん……え、えっと、何かすごい声が聞こえたけど……な、何かあったのかな」

頬を赤くし、少し上ずった声をあげながらそっぽを向くフリオ。

「え、えぇ……そうですわね、な、何かあったのかしら」

一方のリースも、頬を赤らめながら足元に視線を向けていた。

◇◇◇

同時刻……

先日転移してきたばかりの鬼族の山を見上げながら、テルビレスは呆然《ぼうぜん》としていた。

「あ……あ……あ……」

ワナワナと震える指で、山を指さしていた。

「あ、あのあたりにあった、巨木は……ど、どこに行ったの？……ねぇ……あの巨木の根元には……私が、一生懸命ためたお酒が……」

……そう。

鬼族の山が転移した場所は、テルビレスがお酒を隠していた巨木があったあたりなのであった。

鬼族の小山を移転させる際に、ブロッサムの農園や、チャルンの茶畑が巻き込まれないように微調整を行ったフリオ。

しかし、同じ場所にあったテルビレスの酒貯蔵庫には、テルビレスによって神界の隠蔽魔法がかけられていたため、さすがのフリオも気がつかなかった。

そのため、テルビレスの酒貯蔵庫が隠されている巨木は、鬼族の小山が元々あった場所へ転移してしまっていたのであった。

「……お酒……私のお酒……ど、どこに行ったの、私のお酒……ぴえん」

両目から滝のように涙を流しながら、その場に座り込むテルビレス。

その視線の先には、鬼族の小山がまるで数十年前からそこ存在しているかのように鎮座していた。

◇ホウタウの街・フリース雑貨店裏◇

手に剣を持っているバリロッサは、肩で息をしながら眼前のゴザルを凝視していた。

剣を向けられているにもかかわらず、腕組みし、どこか柔和な表情を浮かべているゴザル。

「うむ、さぁ、どこからでも打ち込んでこい」

「い、いやぁ！」

ゴザルの言葉に、バリロッサは再び剣を大上段に振り上げる。

ヒュン

振り降ろされた剣を、ギリギリでかわすゴザル。

太刀筋を完全に見切っているからこそ出来る芸当である。

「うむ、太刀筋はかなりよくなってきた……が」

そう言うと、ゴザルはバリロッサとの距離を一気に詰めていく。

「う、うわ……」

距離を詰められ、バリロッサは慌てて剣を引き戻す。

「うむ！　これはどうだ？」

そんなバリロッサに、右腕を振り降ろしていくゴザル。

「っく！」

その腕を、バリロッサは間一髪、剣で受け止める。

しかし、剣で受けたにもかかわらず、ゴザルの腕には傷一ついていない。

それどころか、

「ほう、全力で振り降ろした剣を、瞬時に戻したか。うむ、さすがはバリロッサだな」

ゴザルの顔には、楽しげな笑みまで浮かんでいた。

一方のバリロッサは、次の攻撃に備えるために、必死に体勢を整えていた。


そんな二人の様子を、少し離れた場所からグレアニールが見つめていた。


——グレアニール。

元魔王軍諜報《ちょうほう》部隊「静かなる耳」のメンバー。

現在はフリース雑貨店の仕入れ部門の責任者兼定期魔導船の操舵手《そうだしゅ》管理責任者を務めている。

「……昼休みの度に、すごいな……」

思わず感嘆の声を漏らすグレアニール。

その横に、大柄な男が歩み寄ってきた。

「このところ毎日だよな。昼休みの度に、ああして剣の稽古をされるのって」

小柄なグレアニールと並ぶと、ただでさえ大柄な男の体軀《たいく》がより一層目立っている。

そんな男をグレアニールは上目使いに見上げた。

「……ダクホースト様、運搬業務済んだのですか？」

「あぁ、近場だったしな。ひとっ走りで済ませてきたぜ」

グレアニールの言葉を受けて、その顔にニカッと笑みを浮かべるその男——ダクホースト。


——ダクホースト。

元魔王軍四天王スレイプの精鋭部隊隊長だった暗黒馬族《ダークネスホース》。

現在はフリース雑貨店の荷物運搬部隊兼護衛部隊の隊長を務めている。


グレアニールに挨拶を済ませると、その視線をバリロッサ達《たち》へ改めて向ける。

「しかしあれだな……バリロッサ様って、フリース雑貨店の店員として働きながら、暇さえあれば剣の稽古を欠かさない。ホント真面目というか、熱心というか……なんつうか、尊敬に値する人物だよな」

「……同意。あの熱心さは、素晴らしいと思う」

ダクホーストの言葉に大きく頷《うなず》くグレアニール。

そんな二人の視線の先で、バリロッサは、大きく肩で息を繰り返しながらも、それを短時間で落ち着かせ、

「いやぁ！」

すぐにゴザルへ向かって挑んでいく。

毎日、昼休憩の時間になるとフリース雑貨店の裏で始まる、ゴザルとバリロッサの剣術鍛錬。

これは、二人がこのフリース雑貨店で働き始めて以降、ほぼ毎日続けられており、店員の間ではすっかりおなじみの光景になっていた。

休憩時間の大半を使い、ほぼノンストップで剣を振るうバリロッサと、その相手を素手で行っているゴザル。

そんな二人の剣術鍛錬は、今日も延々と続けられていた。

◇◇◇

昼休憩時間が終わりに近づき、ようやく腰を下ろして休憩しはじめたゴザルとバリロッサ。

肩を激しく上下させているバリロッサに対し、ゴザルは涼しい表情のまま、空を見上げていた。

「……うむ、今日もいい天気だな。風が心地よい」

ゴザルは髪を風にそよがせながら、心地よさそうに目を閉じる。

そんなゴザルを、バリロッサは座ったまま見上げている。

その頬が、赤く染まっていた。

（……ゴザルの妻《この人》となって……毎日びっくりするような事ばかりだな……騎士学校に通っていた頃とは比べものにならない程、毎日が充実している……日々の鍛錬……雑貨店の仕事……子育て……そして、夜、あの胸に抱かれて……）

頬だけでなく、顔中を真っ赤にしてしまうバリロッサ。

「うむ？　どうしたバリロッサよ、気分でも悪いのか？」

「い、いえいえいえ、なななななんでもないのです、なんでも……」

バリロッサは左手で顔を隠しながら、右手を何度も振り回してごまかそうとする。

「うむ？　まぁ、なんでもないのであればよいのだが……」

首をひねりながらも、ゴザルは小さく頷いた。

（……でも、こんな毎日が……楽しくて、楽しくて仕方ない）

バリロッサは、真っ赤になったままの顔に笑みを浮かべながら、指の隙間からゴザルを見上げ続けていたのだった。

（……この人の妻である以上、もっと強くならなければ……もっと……もっと……）

◇ホウタウ魔法学校・格技場◇

この日の放課後、格技場の二階にある観覧席は超満員になっていた。

人が多すぎて、身動きひとつ取れない状態になっている。

「ちょっとおさないでよぉ」

「もっと落ち着いて見れないのぉ」

「きゃー！　今視線があったわぁ」

大半が女性しかいない観覧席は、黄色い声援で満ちあふれていた。

そんな一同の視線は、格技場の真ん中に立っている一人の男の子に注がれていた。

そこに立っていたのはガリルだった。


定期魔導船の運航に合わせて規模を拡大してはじまったホウタウ魔法学校の一般公開。

最初の頃は、興味本位で見学に来る人々が大半だったのだが……その見学者の口から、

（……ホウタウ魔法学校にすごく格好いい男の子がいる）

（……剣の腕がすごくて、すっごくいかした男の子がいる）

（……みんなに優しくて、笑顔が素敵な男の子がいる）

そんな噂《うわさ》が広がっていき……

その噂に興味を持った人々がホウタウ魔法学校を訪れ……

そこでガリルを見た人々が、また口々に噂を広め……

そして、今、ホウタウ魔法学校の格技場の観覧席は満席になっていたのであった。

そんな観覧席の様子を、一階の道場からサリーナが見上げていた。

「ガリル様が人気なのは、まぁ仕方ないリンけど……ちょっとこれは多すぎじゃないリン？」

「ガリちゃんの人気は、今やクライロード魔法国中に広がっているからねぇ」

◇その頃・ホウタウの街フリース雑貨店◇

フリース雑貨店のレジの前に立っているウリミナスは、グレアニールが持って来た木箱をレジの上にドン！　と置いた。

その途端に、店内のお客のうち、女性達が一斉にレジ前に集まっていく。

そんな女性達を、ウリミナスはにんまりと笑みを浮かべながら見回していく。

「ニャ！　さぁ、今日のブロマイドが入荷したニャ！　数量限定販売早い者勝ちニャ！」

そう言うと、木箱の中から色紙を取り出す。

その紙には、模写されたガリルの絵が描かれていた。

どの絵もガリルの特徴を的確に捉えており、出来のいい絵ばかりだった。

色紙には、ガリルの他にもウルフジャスティスが描かれた物もあるにはあるのだが、ガリルの色紙が圧倒的に多数を占めていた。

「待ってたわぁ！　ガリル君の絵を」

「一枚買うわ！」

「私は三枚よ！」

「ちょっと！　一人一枚のはずでしょ！」

レジに殺到した女性達は、黄色い声をあげながらウリミナスが掲げる色紙に視線を向け、気に入った絵柄の色紙がでてくると、即座に手を上げて購入の意思表示をしていく。

それを繰り返しているうちに、色紙はあっという間に売り切れた。

（……静かなる耳の中で、絵心のある者達に絵を担当させているニャけど、絵描きを雇う必要があるかもしれないニャ）

満面の笑みを浮かべながら、そんな事を考えているウリミナスだった。

……なお、この色紙販売……フリオの許可はまだ取っていない。

◇再びホウタウ魔法学校・格技場◇

「でやぁ！」

格技場の中では、ガリルとムラサメが模擬試合を行っていた。

木製の剣を巧みに振り回しながらムラサメに肉薄していくガリル。

「きゃー！　ガリル君！」

「格好いい！」

「その調子よ！」

その度に、観覧席から黄色い歓声が沸き上がる。

「……うわぁ……歓声がすごいわね……」

そのすさまじい歓声を聞きながら、エリナーザは思わず目を丸くする。

「……とはいえ、観客にわかりやすくするためとはいえ……ガリちゃんも大変だね、本気を出せないんだからさ」

その隣で、リスレイは苦笑していた。

「まぁ、それは仕方ないわ。ガリルとムラサメ先生が本気で打ち合ったら、私達じゃあ視認することすら出来ないもの」

「そうだよねぇ……事務のタクライドさんからも開放日は本気を出さないようにって言われてるし……」

苦笑しながら、格技場内で打ち合いを続けているガリルとムラサメの打ち合いを見ながら、苦笑し続けているエリナーザとリスレイ。

(……とはいえ、すごく基本に忠実な動きなんだよね、ガリルの動きって……きっと、剣闘部のみんなのお手本に、って意識しているんだろうけど……)

ガリルの動きを見つめていたエリナーザは、うんうんと頷いた。

その言葉通り、ガリルの動きは、基本中の基本の動きを忠実に行い続けていた。

身体能力を駆使したアクロバティックな動きは全て封印し、ひたすら基本に忠実に剣を打ち込み、ムラサメの刀を受け、更に攻撃を繰り出していく。

その動きを確認しながら、自らの横へ視線を向けるエリナーザ。

その視線の先では……

「ガリル様！　その調子リン！　もっともっと打ち込むリン！」

『ガリル様！　その調子でガツンと勝って！って、アイリステイルも言ってるんだゴルァ！』

「ガリル君、やっぱり素敵ですわ」

サリーナ・アイリステイル・スノーリトルの三人が、瞳をハート型にし、両手を胸の前で組み合わせながら、観覧席の女性達と同じように黄色い歓声を上げ続けており、ガリルの動きを自らの剣技の参考にしているようにはとても見えなかった。

（……まぁ、でも、ガリルの動きをしっかり見ているのは間違いないわけだし……）

ガリルの努力を理解しているエリナーザは、そんな事を考えながら小さくため息を吐《つ》いていた。

そんな一同の前で、ガリルとムラサメの二人は、お互いに一歩も引かない攻防を繰り広げていき、一刻近く格技場内を黄色い声援で覆い尽くしていったのだった。

◇◇◇

全ての練習が終わった格技場内。

正座しているムラサメの前に、ガリルを中心にした剣闘部の部員達が横一列に正座していた。

「……礼」

「「「ありがとうございましたぁ」」」

まず一礼するムラサメ。

それに続き、ムラサメに対して一礼を返していく剣闘部の面々。

（……ムラサメ先生の指導で、剣技だけじゃなくて、こういった礼儀作法もきっちり教えてもらえるから、ホウタウ魔法学校の剣闘部はすごいと思うのよね）

一礼しながら、エリナーザはそんな事を考えていた。

元々魔法を得意としており、剣技にはあまり興味をもっていなかったエリナーザ。

しかし、ガリルの付き添いとして練習を見学している際に、口数こそ少ないものの剣技に加えて礼儀作法までしっかり指導しているムラサメの指導に興味をもったエリナーザは、そのまま剣闘部に入部していたのであった。

すでに一般開放時間が終了しているため、観覧席に人の姿はなかった。

格技場内と、観覧席の掃除を行った一同。

「さて、掃除も終わったし、帰るとするか」

箒《ほうき》を手にしたまま大きく伸びをしたガリル。

「……ガリル君」

そこに、皆と一緒に掃除をしていたムラサメが歩み寄ってきた。

「あ、はい。何か御用ですか？」

「えぇ……ちょっとお話があるのですが……」

◇その夜・ホウタウの街フリオ宅◇

この日の夜。

夕食を終えたフリオ宅のリビングには、フリオとガリルが残っていた。

「日出《ひいずるくに》国の剣闘大会に……？」

「そうなんだ。今日、顧問のムラサメ先生が参加してみないかって、誘ってくれたんだ。いつもさ、部活で本気を出せない俺のために、って。

今度新設されるクライロード騎士養成学校に転入するにしても、こういった大会で実績をあげておいた方が有利なんじゃないかって言われてさ」

フリオの言葉に、頷きながら言葉を続けるガリル。

そこに、エリナーザがスリッパをパタパタさせながら歩み寄ってきた。

「いいんじゃない？　日出国といえば剣闘の始祖の国って言われているくらい剣技が盛んな国らしいし、その国の大会で実績を残す事が出来ればガリルの名前も一躍有名になるでしょうしね」

「別に有名になりたいとか、そういった事は全然ないんだけどさ。ただ、クライロード魔法国では剣闘の大会があんまりないし、俺の実力がどれくらいなのか、試してみたい気持ちがあってさ」

フリオの前で、ガリルは笑みを浮かべる。

フリオはそんなガリルの様子を見つめながら頷いた。

「そうだね、ガリルがそう言うのなら、行ってみたらいいんじゃないかな?」

「ホント! ありがとう父さん!」

フリオの言葉に、嬉《うれ》しそうに笑みを浮かべるガリル。

「日出国は、定期魔導船を就航してほしいって要望を寄せている国でもあるし、その交渉も兼ねて一緒に行こうかな」

「父さんも一緒に来てくれると、心強いよ」

「あら、パパが行くのなら私も一緒に行くわ!」

ガリルとフリオの会話に、エリナーザが笑顔で加わっていく。

そこに、

「あ、私も! 私も行きたい! なんか面白そうだもんね」

お風呂に入るために階段を降りてきたリスレイも、右手を挙げながら駆け寄ってきた。

すると、リスレイと一緒にお風呂に入るためについてきていたフォルミナとゴーロも駆け寄ってくる。

「フォルミナも行ってみたい!」

「……お、お姉ちゃんが行くんなら……僕も行きたい」

さらに、リビングの奥にある小屋の中からリルナーザとワインが飛び出してきた。

「あの、わ、私も行ってみたいです!」

「ガリガリの応援? 応援? なら、ワインも一緒に行くの! 行くの!」

「二人とも、またサベア達と一緒に遊んでいたのかい」

ワインとリルナーザに、思わず笑顔を向けるフリオ。

すると、階段の方から、バリロッサが駆け寄ってきた。

「ふ、フリオ殿！　日出国に行かれるのであれば、ぜひ私もご一緒させて頂きたい！　本場の剣技をぜひ直《じか》に体感いたしたく……」

リルナーザとワインを押しのけるようにして、バリロッサが身を乗り出してくる。

フリオはその気迫を前にして、少したじろいだ。

その眼前には、バリロッサを筆頭に、ガリルやエリナーザ達が集まっている。

フリオは、そんな一同を見回しながら、

「……それじゃあ、ガリルの応援を兼ねて、旅行として行ってみることにしようか」

笑顔で頷いた。

「やったぁ！　さすが父さん！」

「うわぁ、すっごく楽しみ！」

「日出国かぁ、どんなとこなんだろ」

「わぁい！　お出かけだぁ！」

「……フォルミナお姉ちゃんと一緒にお出かけ……楽しみ」

「日出国……どんな魔獣さん達に出会えるかな」

「すっごく楽しみなの！　なの！」

フリオの言葉に、ガリル、エリナーザをはじめとしたフリオ家の子供達は一斉に歓声をあげた。

◇ホウタウの街・ホウタウ魔法学校前◇

この日、日出国へ観光として向かうフリオ家一行は、ホウタウ魔法学校のムラサメと、学校前で合流していた。

「今日はよろしくお願いします」

フリオは、そう言いながらムラサメに右手を差し出した。

「こちらこそ。この度は私の申し出をお受け頂き、感謝いたします」

背筋を伸ばし、きっちり四十五度腰を曲げて一礼したムラサメは、フリオの右手を握り返した。

「ガリル君のお父さんや、皆様は、日出国ははじめてだと思いますので、この私が案内役を務めさせて頂きます」

「それは助かります。よろしくお願いします」

「それで、現地へ向かう方法なのですが……」

そう言うと、ムラサメはフリオの後方へ視線を向けた。

フリオの後方には、お出かけ用のワンピースに身を包んだリースをはじめ、ガリル・エリナーザ・リルナーザといったフリオの子供達に加えて、バリロッサやフォルミナ、ゴーロといったフリオ家の子供達が大挙して集合しており、皆、お出かけ用の衣服に身を包み、楽しそうに話をしていたのであった。

その光景を見つめながら、困惑した表情を浮かべるムラサメ。

（どうしたものか……同行者はせいぜい三、四人と思っていたから数人用の転移魔法札しか……）


転移魔法札……

上位魔法である転移魔法を封じ込めた魔法の札で、数人から数十人までの人数をかなりの遠方へ転移させることが出来る魔法アイテムである。

通常、転移魔法は、術者が一度行ったことがある場所にしか行くことが出来ないのだが、この転移魔法札は、魔法札に設定されている場所へ移動する事が出来る。

移動距離・人数によって札の値段は上下する仕組みになっており、人数が多く、かつ遠距離に移動する程値段が高くなる。

ちなみに、この札を製造・販売しているのは他ならぬフリース雑貨店だった。


「あぁ、移動手段でしたら、お任せください」

そんなムラサメを前にして、フリオはその顔にいつもの飄々《ひょうひょう》とした笑みを浮かべる。

「リルナーザ、お願いしてもいいかな？」

「はい！　お任せください」

フリオに呼ばれ、笑顔で駆け寄ってきたリルナーザが、ぱぁっと笑顔を輝かせながら右手を空に伸ばした。

「ブラックへボールさん、来てください！」

リルナーザが声を上げると、魔獣の鳴き声が周囲に響いた。

すると、一同の近くに黒い毛に覆われている巨大な魔獣が着地した。

「……あの魔獣は……確か、先日ホウタウ魔法学校の魔獣飼育場で暴れた……」

ムラサメが困惑した表情を浮かべる。

そんなムラサメに、リルナーザはにっこり微笑《ほほえ》んだ。

「あの後、ワインお姉ちゃんと私がいっぱいお話をして、今ではとっても仲良しなんですよ」

「そ、そうなのですか……」

リルナーザの言葉に、困惑しながら頷くムラサメ。

そんな二人の前で、フリオが右手を伸ばした。

すると、ブラックへボールと呼ばれた魔獣の前に魔法陣が展開し、その中から大きな荷馬車が出現した。

「私達はあの荷馬車に乗りましょう。後はブラックへボールが日出国まで運んでくれますので」

「そ、そうですか……そ、それはかたじけない……」

フリオへ視線を向けたムラサメは、慌てた様子で頭を下げた。

「いえいえ、私達が無理を言って大勢で押しかけたのですから、これくらい当然ですよ」

いつもの飄々とした笑みを浮かべながら荷馬車の扉を開けるフリオ。

そんなフリオに促されて、集合していた面々は一斉に荷馬車の中へと移動していく。

かなりの大人数にもかかわらず、荷馬車の中にはかなり余裕があった。

フリオの魔法で、荷馬車の中が拡張されているのは言うまでもない。

一同が乗り込み、荷馬車のドアが閉められると、ブラックへボールが羽をはばたかせながら宙に舞い上がった。

その足で、荷馬車を掴《つか》むと、
グアアアアアアアア！

大きく一鳴きし、一気に上昇していく。

「うわぁ、早い！　早い！」

荷馬車の窓に張り付きながら外を見つめていたフォルミナが歓声をあげた。

「……ホントだ……すごいね」

その隣でゴーロも笑みを浮かべている。

その後方には、ガリル達が連なっており、皆、窓の外を眺めながら歓声をあげている。

そんな中、ワインだけは、

「むぅ！　この魔獣よりも、ワインの方が早いの！　早いの！」

そう言うと、ワインは銀色の鱗《うろこ》に包まれて存在進化した状態に変化し、今にも荷馬車の外に飛び出そうとしていた……のだが……フリオが、魔法でしっかりと扉を施錠していたため、それを開けることが出来ずにいた。

「パパン！　これ、開かない！　開かない！」

「ワインが早いのはわかっているからさ、今日のところは大人しくしておいてくれないかな」

「むぅ！」

フリオの言葉に、不満そうに頬を膨らませながらも、ワインは存在進化状態を解除していく。

銀の鱗によってポンチョが切り裂かれており、そのまま元の状態に戻れば素っ裸になってしまうところなのだが……そんなワインに向かってフリオが右手を伸ばす。

その手の先で魔法陣が展開すると、元の姿に戻ったワインの体を覆うようにポンチョが出現した。

「む～……パパン、下着は～……」

下着まで再現されたため、ワインは不満そうな表情を浮かべながらポンチョをたくし上げ、下着を脱ごうとする。

そこにリースが歩み寄り、ワインの手を押さえた。

「あら、駄目よワイン。せっかく旦那様が再現してくださったのですから、大人しく身につけておいてくださいね。でないと、またタニアに怒られますよ」

にっこり微笑みながらも、ワインの手を押さえているリースの手は牙狼《がろう》化しており、笑顔とは裏腹にかなりの力がこもっていた。

「わ、わかったのママン……ワイン、下着脱がないから怒らないで、怒らないで……」

そんなリースを前にして、ワインはその顔に愛想笑いを浮かべた。

「あら、怒ってなんかいませんわよ」

そんなワインに、再びにっこり微笑むリース。

その背後に、魔素のオーラが見え隠れしていたのは言うまでもない。

◇◇◇

ワインの騒動が一段落した荷馬車の中で、ガリルは手にしている紙を見つめていた。

「ガリル、何を見ているの？」

エリナーザは、怪訝《けげん》そうな表情を浮かべながらガリルの手の中をのぞき込んだ。

そこには、人の名前がずらっと列記されていた。

「あぁ、これなんだけどさ、いつもお世話になってるみんなにお土産でも買おうと思ってさ」

「……あのさ、ガリル……お家のみんなや、フリース雑貨店のみんな、同級生とかはまだわかるわよ。でもさ……」

そう言うと、リストの下部を指さすエリナーザ。

「ここから下に書かれている人って、ガリルの事をおっかけしている女の子達じゃないの？」

「おっかけとか、そういうのってよくわからないんだけどさ。みんな、いっつも剣闘部の練習を見に来てくれたり、差し入れをくれたりしているし、こんな時にでもお礼をしておかないとと思ってさ」

そう言うと、ガリルはエリナーザに笑みを返す。

エリナーザは、そんなガリルの笑みを見つめながら、

（ここまで気を使うもんだから、余計人気が出るのよねぇ、ガリルってば……）

そんな事を考えつつ、大きなため息をついた。

「……あれ？」

ガリルのリストを、反対側からのぞき込んでいたリスレイが声をあげた。

「ガリちゃん、リストの中にエリーさんの名前がないけど……」

「あ、あぁ……エリーさんのは、みんなとは別に購入するつもりだからさ……」

照れくさそうに鼻の頭をかきながら答えるガリル。

そんなガリルの姿に、

（……なぁんだ……ちゃんとエリーさんの事は意識してるんだ）

リスレイはそんな事を考えながら、満足そうに頷く。

「ちなみに、エリちゃんは誰かにお土産買ったりするの？」

「は？」

リスレイの言葉に、素っ頓狂な声をあげるエリナーザ。

「今回はパパも一緒なんだから、お土産なんて買う必要ないじゃない。何言ってるのよ？」

エリナーザは真顔でリスレイに言葉を返す。

そんなエリナーザの様子に、

「あ、あぁ、そ、そうだったね……うん、なんかごめんね」

苦笑しながらリスレイは頭を下げた。

（……そうだった……重度のファザコンのエリちゃんが、他の人にお土産なんて、買うはずがなかったわ……）

そう、容姿端麗で、いつも笑みを浮かべており、誰にでも優しく接するエリナーザなのだが……重度のファザコンをこじらせているため、時折大好きなフリオ以外の相手に対する扱いがぞんざいになる事が少なくなかった。

そんな一同を乗せた荷馬車は、ブラックヘボールに運ばれながら、大空を高速で移動していた。

◇◇◇

半日ほど飛行を続けると、ブラックヘボールはクライロード大陸を超え、海の上へ出た。

「ここは、日出《ひ》海《いずるうみ》です。この海を越えればすぐに日出国です」

ムラサメが説明したとおり、海の向こうには次の陸地が見え始めた。

そんなムラサメにフリオが顔を向ける。

「確か、日出国は、今は鎖国制度を敷いていて、特定の地域に存在している関所を通らないと入国出来ないんですよね」

「はい、その通りです。日出国は、魔王軍の侵攻から国土を守るために国全体に強固な結界を展開しております。そのため、結界の中に入ることが出来る門《ゲート》が存在している関所からでないと入国出来ないのでございます」

ムラサメの言葉を聞きながら、フリオは前方へ視線を向ける。

その視線の先には、日出国の国土が見え始めていた。

(確かに、国土の周囲に結界が展開されているけど……あれって、そんなに強固なのかな……)

首をひねりながら、頭の中で詠唱するフリオ。

すると、フリオの眼《め》の前にウインドウが展開した。

広範囲結界魔法展開中
解除魔法で解除可能

解除しますか？　はい／いいえ

(……や、やっぱり解除出来ちゃうんだ)

ウインドウの内容を確認したフリオは、思わず苦笑した。

Ｌｖ２になって以降、すべての数値がウインドウ表示出来る上限を突破し∞としか表示されなくなっているフリオ。

使用出来る魔法の影響で、未知の魔法に一度触れただけでその魔法の全てを学習し、使用出来るという能力まで持ち合わせており、すでにクライロード世界の魔法だけでなく、光と闇の根源魔法・暗黒大魔法・邪界魔法まで使用出来るようになっているフリオの前では、クライロード魔法国の魔法よりも下位互換でしかない日出国の結界魔法など、簡単に解除出来るのだった。


「あの……フリオさん？　どうかなさいましたか？」

「あ、い、いえ、なんでもありません」

「ならよろしいのですが……私達はまず関所のひとつナルガンサーキに行きましょう。そこで入国許可証をもらえば、日出国内を自由に行き来出来るようになるのでございます。もっとも、国外に出る際には再び関所を通る必要がございますが……」

「魔王軍との間に休戦協定が結ばれているのに、かなり厳重なんですね」

ムラサメの言葉に、フリオは首をひねる。

その言葉に、ムラサメは少し険しい表情を浮かべながら頷いた。

「魔王軍との間に休戦協定は確かに結ばれておりますが……日出国は魔王城から離れていることもあり、魔王の意向に従わない魔族も多くおりまして……それと、日出国の周辺の海には、神獣と言われる通常の魔獣とは比べものにならない魔力を持った魔獣が棲息《せいそく》しておりますゆえ……その魔獣が国を荒らさぬように、との配慮もあるのでございます」

「へぇ、そんな魔獣がいるんですね」

ムラサメの言葉に、納得したように頷くフリオ。

そんな会話をかわしているムラサメとフリオに、

「旦那様、何か近づいてきましたわ」

窓の外を眺めていたリースが声をかけた。

「どうやら、有翼の亜人のようですが……」

「あぁ、関所の警備兵でしょう。私が対応いたします」

ムラサメがそう言うと、窓の場所へ移動する。

その手に、胸元から魔法の通行手形を取り出し、それを窓の外に向かって掲げた。

有翼の亜人達は、ムラサメが手にしている通行手形を確認すると、ブラックヘボールの前に移動し、関所の方へ誘導していく。

ブラックヘボールの周囲を囲むようにして進んでいく有翼の亜人達。

その光景を見つめながら、フリオは感心した表情を浮かべていた。

(……日出国の警備体制はしっかりしているみたいだね……ブラックヘボールが接近してきたら即座に警備兵が接近してきたし、誘導体制もしっかりしているみたいだし)

そんな事を考えているフリオを乗せた荷馬車は、ブラックヘボールとともにナルガンサーキの関所へと降り立った。

荷馬車を着地させ、その隣に降り立ったブラックヘボール。

フリオ達も、順番に荷馬車から降りていく。

「……しかし、すごいですねブラックヘボールは……日出国の有料空中輸送便を使っても、クライロード魔法国には二日はかかりますのに……」

ムラサメは感心した様子でブラックヘボールを見上げる。

そんなムラサメの言葉を理解したのか、ドヤ顔で斜め上を見上げているブラックヘボール。


「ここが日出国かぁ」

荷馬車から降り立ったフリオは周囲を見回す。

その周囲に、荷馬車に乗っていた全員が降り立っていた。

「あら？　誰か参りますわね」

人の接近に気付いたリースが、そちらへ視線を向けた。

（……口調は穏やかだけど、爪を牙狼化させて万が一に備えているあたり、さすがリースだな）

リースの様子に感心しながら、近づいてくる女性の方へ視線を向けるフリオ。

その視線の先、一同の元へ小柄な女性が一人駆け寄ってきた。

その女性は、ムラサメの前で立ち止まると、手に持っている書類を確認していく。

「えっと、ムラサメ様とそのご一行の皆々様デスね。本日は日出国へようこそおこしくださいましたデス。私、ナルガンサーキの関所の事務員のいつはちデス」

薄いピンク色の、東国特有の着物という衣装に身を包んでいるいつはちは、深々とお辞儀をすると改めてフリオ達の方へ向き直る。

「申し訳ないデスけど、皆様には先に入国申請書類に記入いただくデス。そんなに難しいものではないデス。気楽に記入してほしいデス」

にっこり微笑みながらフリオ達を、近くにある事務所へ案内していく。

木造の建物の中に案内されると、全員に書類が手渡された。

（……記入項目は、名前と出身国、それに入国の目的、か……）

内容を確認すると、フリオは書類に内容を記入していく。

その後方では、リース達もフリオ同様に書類に記入していく。

書き終わった書類を回収したいつはちは、ふんふんと頷きながら書類の内容を確認し、

「はい、これで手続きは終了デス。乗ってこられました魔獣につきましては、関所の方で預からせていただくデス。餌の世話までさせていただくデスので、すべてお任せくださいデス。では、一泊二日の日出国の滞在を楽しんでほしいデス」

そう言うと、深々と頭を下げた。

「あ、あの……」

そんないつはちに、声をかけるフリオ。

「はい、なんデスか？」

「あの、実は私、クライロード魔法国のフリース雑貨店の店主をしているフリオと申します。実は以前、日出国の外交部というところから定期魔導船の就航依頼がありまして、その打ち合わせをさせてもらえたらと思っているのですが……」

魔法袋の中から、日出国から届いた書簡を取り出し、それをいつはちに手渡すフリオ。

それを受け取り、内容を確認すると、いつはちは笑みを浮かべた。

「この書類！　発送したのは私デス。日出国の外交部員として、関所の担当をしているんデス！

では、フリオ様にはもう一度事務所へ来て頂けますか？」

「わかりました。では」

フリオはいつはちに促されて、先ほど書類を記載した建物の方へ移動していく。

「私もご一緒いたしますわ」

そう言うと、リースがフリオのもとに歩み寄る。

それを確認すると、フリオは後方に控えているガリル達へ視線を向けた。

「みんなは、ムラサメ先生とブロッサムの指示に従って、日出国を見て回っていてくれるかい？

僕とリースは、いつはちさんと打ち合わせをしてくるからさ」

「わかりました。では、後ほど改めて……」

ムラサメは、フリオとリースに向かって一礼すると、

「では、皆様、こちらへ……」

ガリル達を関所の出口にある、赤い鳥居の方へ向かって先導していった。

◇日出国・関所の出口◇

関所の出口にある赤い鳥居をくぐり、ムラサメは外へと出た。

その後方に、ガリル達が続き、最後尾にバリロッサがついていく。

「……ここが日出国ですか……」

バリロッサは興味深そうに周囲を見回しながらも、右手を剣の柄《つか》にしっかりとかけている。

何かあった場合、すぐに対応出来るよう、しっかりと身構えていた。

先頭を進んでいるムラサメは、そんなバリロッサの様子を感心した様子で確認していた。

（……あのバリロッサというお方、隙なく周囲を警戒されていますね……一見しただけではわかりませんでしたけど、なかなかの手練《てだ》れのご様子……）

「では、フリオ様の御用事が終わるまで、このあたりを案内させていただきます」

関所の出口にある赤い鳥居をくぐると、その先に一本の橋が延びている。

関所から本土へは、一本橋しか行き来出来る場所はない。

その橋を進んでいくと、対岸には街並みが広がっていた。

「へぇ……日出国の建物って、クライロード魔法国の建物とはかなり違うんだな」

「前に読んだ書物によると、日出国の建物はだいたい木製で、土を使用したシックイっていう物が塗られているそうよ」

「そうなんだ……じゃあ、あの白い壁が、そのシックイっていう物なのですか？」

「そうね、多分そうなんじゃないかしら」

ガリル・エリナーザ・リルナーザの三人は、そんな会話を交わしながら街並みを眺めて歩いていた。

「へぇ、日出国の街道って、石畳じゃないんだね」

リスレイは、街道に敷き詰められている石を足で何度か踏みならしていた。

「この日出国では、街道はすべてこの砂利という小石を敷き詰めて形成されています。石畳の箇所もありますが、日出国では、この砂利の街道が伝統的に用いられております」

「ジャリって言うんだ、これ」

「……ふ～ん……なんか面白い」

フォルミナとゴーロは、物珍しそうに足元の砂利を踏みならしながら歩いていた。

そんな中……

「くんくん……なんだか美味《おい》しそうな匂いがするの、するの！」

ワインが鼻を鳴らしながら周囲を見回していく。

その動作がピタリととまり、

「あそこなの！　あそこから美味しそうな匂いがするの！　するの！」

通りの一角にある建物を指さす。

その建物には、『茶屋』と書かれた旗が掲げられており、入り口に木製の長椅子が置かれていた。

「あぁ、あそこはお茶とお茶菓子を提供するお店でございます。クライロード魔法国の喫茶店のようなお店でございますね。よかったらあそこで休んで……」

「いくの！　いくの！」

ムラサメの言葉が終わらないうちに、ワインは茶屋に向けて猛ダッシュする。

「あぁ！　ワインお姉ちゃんずるい！　フォルミナも！」

「……フォルミナお姉ちゃんが行くのなら、僕も！」

その後を、フォルミナとゴーロが慌てて追いかけていく。

「あはは、みんな慌てたら危ないよ。お店は逃げないから」

そんな三人を、ガリルが苦笑しながら追いかけた。

そんなガリルの様子に、エリナーザは思わず苦笑する。

（……昔だったら、ワインお姉ちゃんよりも先にガリルが駆け出していたのに……ホント、成長したのねぇ）

苦笑しながら、茶屋に向かっていくエリナーザ。

程なくして、一同は、茶屋の中へと入っていった。

◇◇◇

「何これ、すっごく美味しいの！　美味しいの！」

ワインは、串に刺さった三個の団子を一気に頬張りながら感嘆の声を上げていた。

茶屋に入った一同は、ムラサメの勧めでお茶とお団子のセットを食べていた。

クライロード魔法国ではあまり見かけない、串に刺さった団子を前にして、最初はおずおずといった感じの一同だったのだが……

ワインが、まず最初に団子を口にし、感嘆の声をあげたのを皮切りに、他の面々も団子を口に運んでいった。

「本当に、これ美味しいわね」

「うん、とっても甘くて美味しいです」

エリナーザとリルナーザは笑顔で顔を見合わせる。

「うん！　おいひぃの！　もご……これ、すっごくおいひぃの……もごもご」

「……うん、美味しいね……でも、食べ終わってからお話しした方がいいと思うよフォルミナお姉ちゃん」

「うむ、ゴーロの言う通りだぞ、フォルミナ」

「もご……ふぁい、ばりろっはおかあはん……もごもご」

口いっぱいに団子を頬張っているフォルミナを、バリロッサとゴーロが苦笑しながら見つめる。

そんな中、勢いよく立ち上がったワインは、

「お代わりなの！　なの！」

空になったお皿を高々と掲げながら、店の奥に向かってブンブンと皿ごと手を振る。

「あ、は〜い。追加注文承りました」

それを受けて、お盆を手にお客の間を行き来している着物姿の店員の女性が笑顔で声をあげた。

そんなワインをはじめとした一同の様子を、ムラサメはホッとしたような表情で見つめていた。

「どうかしたのですか？　ムラサメ殿」

そんなムラサメに、バリロッサが声をかけた。

「いえ……なんといいますか、この日出国は、クライロード魔法国のように、何でもある国ではありません。食べ物も、少々野暮ったいと申しますか……ですので、皆様に喜んでもらう事が出来るかどうか、少々不安なところがあったものですから……喜んで頂けているみたいで、少々安心したと申しますか……」

苦笑しながらバリロッサに答えるムラサメ。

そんなムラサメに、バリロッサは、

「いえいえ、とてものんびりとしていて、こういったお茶やお団子を楽しむのに適した街ではございませんか。このお団子という食べ物もとても美味しいです。ワインのように、私も気に入っておりますよ」

にっこりと笑顔を向けた。

そんなバリロッサに……

「ねぇ、バリバリ、もう一皿頼んでいい？　いい？」

お代わりのお団子を、頬一杯に詰め込んだワインがバリロッサの腕を摑んだ。

「えぇ!?　お、お代わりのお団子をもう食べてしまったのですか!?」

「うん、だからもっと食べたいの！　食べたいの！」

「う、うむ、わかった……だが、晩ご飯もあるんだから、少しにしておくのだぞ」

「うん！　わかってるの！　るの！」

ワインは、先ほどお代わりのお団子を持ってきてくれた店員の女の子に向かって、

「お団子おかわり！　とりあえず十皿お願いするの！　するの！」

満面の笑みを浮かべながら右手を振った。

その言葉にバリロッサが目を丸くする。

「ちょっ!?　ワイン、それがちょっとなのか？」

「本当は三十皿食べたかったの！　我慢してるの！　してるの！」

「さ、三十って……ワインの胃袋はどうなっているのだ……」

苦笑しながら呆《あき》れた口調のバリロッサ。

そんなバリロッサに、ワインはニパッと笑みを向ける。

そんなワインのもとに、

「はぁい！　追加のお団子、お持ちいたしましたぁ」

着物姿の店員が、満面の笑みでお団子の追加を持ってきていた。

「待ってたの！　このお団子とっても美味しいの！　美味しいの！」

ワインは皿を受け取るや否や、口元を真っ白にしながらも、満面の笑みでお団子を頬張っていく。

そんなワインの姿を見た街道を行き交う人々は、

「お、おい……あの女の子が食べているお団子、美味《うま》そうだな」

程なくして、お店の中は超満員になっていたのであった。

ワインの笑顔に引き寄せられるかのように店内に入り、次々にお団子を注文し始めた。

「そうね……ちょっと休憩して行こうか」

「ちょっと私達も食べていかない？」

◇◇◇

「それじゃあ、いつはちさん。近いうちに定期魔導船の乗降タワーの設置の件で、また改めてお邪魔させていただきますね」

「はいデス。お待ちしているのデス」

打ち合わせが終わり、事務所から出て来たフリオとリース。

二人を、笑顔のいつはちがお辞儀をしながら見送っていた。

「無事に話がまとまってよかったですね、旦那様」

フリオの腕に、リースは自らの腕を絡める。

「そうだね。これで日出国を訪れる人が増えてくれたら何よりだね」

そんなリースは、日出国製の着物を身につけていた。

フリオも、リース同様に、着物姿に着替えていた。

先ほど、事務所の中で定期魔導船の件で打ち合わせをしていたフリオとリースは、

「ところでお二方、日出国の着物に興味がございませんデス？　とりあえず、お試しで着てみてほしいデス」

いつはちに勧められて、着物に着替えていたのであった。


（気に入ったら、フリース雑貨店で仕入れて欲しいって事なんだろうけど……）

歩きながら、着物の着心地を確認しているフリオ。

「意外に歩きやすいんだね、この着物って……それに、着崩れも気にならないし……」

「そうですわね。着方が少々独特ですけど、色も豊富ですし、見た目も艶《あで》やかですし、少しアレンジを加えれば、クライロード魔法国でも人気が出るかもしれませんわ」

リースもまた、胸元の合わせや、袖口を確認しながら真剣な眼差《まなざ》しをしていた。

（日出国は、魔族から国土を守るために鎖国制度を実施して、外界と関わりを持たない政策を実施していたけど、その魔族と人種族の間に休戦協定が結ばれたことで、鎖国制度を撤廃し、外界との関わりを復活させる政策に切り替えたそうなんだけど、その第一歩として、定期魔導船を就航することになるなんて……なんていうか、責任重大だけど、やり甲斐《がい》があるな……）

いつはちとその上司との会話を思い出しながら、フリオは改めて気合いの入った表情を浮かべる。

そんなフリオの腕を、リースがそっと引っ張った。

「それよりも旦那様。お仕事のお話は終わったのですから、そろそろみんなと合流して、日出国を

観光して回りませんか？」

「うん、そうだね。じゃあ、すぐにみんなを探しに行こうか」

いつもの飄々とした笑みをその顔に浮かべながら、右手を伸ばすフリオ。

小さく詠唱すると、その手の先に魔法陣が展開していく。

（さて、索敵魔法でみんなの居場所を……）

フリオがそう考えた……その時だった。

ドゴオオオオオオオオオン

一帯に、轟音《ごうおん》が響き渡った。

同時に、山の方から巨大な業火が吹き上がっていく。

「な、なんですか、あれは!?」

リースはその光景に目を丸くしながらも、着物の袖をまくり、両腕の先を牙狼化させていく。

そんなリースの肩にフリオが手を置く。

「あの炎の下から、魔獣みたいな何かが出現して来ているみたいだね」

「あの炎の下からですか？」

フリオの言葉を受けて、目を凝らしていくリース。

しかし、業火が激しすぎるためか、炎の中に魔獣らしき生物の姿を視認することは出来なかった。

そんな二人の後方、関所の鳥居をくぐり、いつはちがすごい勢いで駆け寄ってきた。

「なななんということデスか……あそこは、護国山ではないデスか……」

真っ青な顔をしながら、いつはちは口元を両手で押さえている。

「護国山……ですか？」

「そうデス……あの山には、神獣ヤマタノドラゴが封印されているのデスが……その山から業火が吹き出したということは……」

青い顔をしながら、ワナワナと体を震わせているいつはち。

「こ、こうしてはいられないデス。すす、すぐに護国隊に出動を依頼するデス。ででで、でも……封印されて以後、五百年近く大人しくしていたヤマタノドラゴが、なんで急に復活したデス……」

いつはちはワタワタと両手を振りながら、関所の事務所へと駆け戻っていく。

周囲の空には、異変を察知した有翼の亜人達が護国山に向かって飛行していく姿があった。

「うわぁ!? な、なんで護国山が噴火してんだよ!?」

「まさか、神獣が復活したの!?」

「そ、そんな馬鹿な……なんの前触れもなかったじゃないか!?」

「とにかく、早く逃げないと！」

街道は、逃げ惑う人達で溢《あふ》れ、悲鳴が周囲を埋め尽くしていく。

そんな中……

GAOOOOOOOOOOOOOOOOOOOOOOOOOOOOOOOOOOOOOOOO……


業火の中から巨大な咆哮《ほうこう》が響いた。

その咆哮を合図に、業火の中から巨大な龍の首が一つ、また一つと出現する。

真っ赤な鱗に覆われている巨大な龍の首は七つに増加し、業火の中を上昇していく。

「ほ、本当に復活しやがった！」

「間違いない……伝説の神獣ヤマタノドラゴだ！」

「伝承では知っていたが……ま、まさかあんなにでかいなんて……」

関所から駈《か》けてきた護国隊の面々は、困惑の声をあげながら、護国山から出現してくる巨大な神獣ヤマタノドラゴへ視線を向けていた。

「護国隊の使い魔部隊、出動するデス」

関所に設置されているスピーカーから、いつはちの声が響く。

その声を合図に、海の中から数体の魔獣達が出現した。

青い鱗に覆われている魔獣達は、背の羽を羽ばたかせながら護国山に向かって飛行していく。

……しかし。

「……なんだよ、あのサイズの差は……」

「大人と子供なんてもんじゃないぞ……」

護国隊の面々が思わず漏らした言葉の通り……使い魔部隊の魔獣達は、神獣ヤマタノドラゴの半分どころか十分の一程の大きさしかなかった。

口から水流を吐き出し、神獣ヤマタノドラゴへ攻撃をしているのだが、その水流は神獣ヤマタノドラゴに届く前に業火で蒸発してしまい、神獣ヤマタノドラゴにダメージを与える事が出来ない。

「……そ、そんな……どうしたらいいのデス……」

関所のスピーカーからいつはちの絶望したような声が響いた。

音響のスイッチを切る事すら忘れ、眼の前の光景に絶望しているいつはち。

そんな中、神獣ヤマタノドラゴが全身を現し、護国山の頂上に四つ足で立ち上がった。

巨大な胴体から七本の首が伸びており、後部には七本の尻尾がゆらゆらと揺れている。

圧倒的な体軀を誇る神獣ヤマタノドラゴの首に睨《にら》まれた護国隊の使い魔達は、完全に怯《おび》えてしまったらしく、神獣ヤマタノドラゴに近づこうとしなくなっていた。

それどころか、中には海に逃げ込んでしまう使い魔までいた。

そんな周囲の様子を七つの首で見回しながら、神獣ヤマタノドラゴがゆっくりと山を下りはじめる。


「……へぇ、これが神獣ヤマタノドラゴなんだ」

それは、物珍しそうなフリオの声だった。

「まぁ、これが先ほどまで、あの山の上でふんぞり返っていた魔獣ですのね」

フリオの横から、リースもマジマジと観察していた。

Ｇ、ＧＵＡ……？

違和感を覚えたのか、その正体を探るように神獣ヤマタノドラゴは七つの首で周囲を見回す。

その周囲は、先ほどまでの護国山ではなく、ゆらゆらと揺らめく水晶で覆われていた。

フリオが右手に持っている水晶。

神獣ヤマタノドラゴは、その水晶の中に封じ込められていたのであった。


神獣ヤマタノドラゴが護国山を下りはじめた時のことだった。

「……さすがに、このままにしておくのはよくないよね」

右手を神獣ヤマタノドラゴに向けて伸ばしたフリオは、詠唱を開始する。

同時に、フリオの右腕の前に魔法陣が出現した。

その魔法陣は、何重にも絡みあいながら神獣ヤマタノドラゴへ向かって伸び、あっという間に巨大な体を覆い尽くしていった。

同時に、魔法陣は神獣ヤマタノドラゴの周囲に吹き出している業火までをも吸収していく。

その全てを覆い尽くした次の瞬間、拡大していた魔法陣が、猛烈な勢いで縮小しはじめた。

魔法陣は、まるで逆回転のように縮小していき、フリオの右腕へ戻っていく。

魔法陣が小さくなっていくのに従い、神獣ヤマタノドラゴの巨体も縮小し、ほどなくしてフリオの右手に出現した水晶の中に収まってしまったのであった。

時間にして、わずか一秒。

「……え？　あ、あれ？……し、神獣ヤマタノドラゴはどこにいったのデス？」

スピーカーから困惑したいつはちの声が響く。

空中に残っていた使い魔部隊の魔獣達も、困惑した様子で護国山の周囲を旋回し続けていた。

護国山から吹き出していた業火も、痕跡すら残すことなく消え去っていた。

跡には、神獣ヤマタノドラゴが這《は》い出してきた巨大な穴だけが残されていた。


その光景を、ガリル達は茶屋から見上げていた。

「……ぬぅ!?　さっきの魔獣、どこ？　どこ？」

存在進化し、上半身を銀の鱗で覆い尽くしているワインは、きょとんとした表情を浮かべながら護国山の方を見つめ続けていた。

神獣ヤマタノドラゴが出現し、

「ワインにお任せなの！　なの！」

そう言うが早いか存在進化をはじめたワイン。

……だが、いざ飛翔《ひしょう》しようとした次の瞬間、眼前からその巨体が消えてしまったのであった。

そんなワインの隣では、リルナーザも目を丸くしていた。

「……ふえ？　あの神獣さんはどこにいっちゃったのですか？」

きょとんとした表情を浮かべながら、ワインと同じように護国山へ視線を向けている。

リルナーザの周囲には、魔獣達が飛翔していた。

リルナーザの使い魔であるその魔獣達は、普段はリルナーザの影の中に潜んでいるのだが、リルナーザの危機を察知し、影の中から飛び出していたのであった。

その横で、両手を伸ばしていたエリナーザは、

「……ふぅ……パパに先をこされちゃったわね……」

残念そうな表情を浮かべながら、大きく息を吐いた。

その額で虹色に輝いていた宝珠の光が消え、同時に両腕の前で展開していた魔法陣も消滅する。

「ちぇ……あの魔獣を華麗に退治して、パパに褒めてもらおうと思ったのになぁ」

「俺も、あの魔獣に一太刀浴びせたかったんだけどな……斬り甲斐ありそうだったのにな」

エリナーザの隣で、ガリルも剣を鞘《さや》に戻す。

その剣には、ガリルが展開した付与魔法が幾重にも張り巡らされており、鞘に収まった今もまだ光り輝き続けていた。

「ガリちゃんもエリちゃんもすごいなぁ……私には絶対に無理だよ」

ガリルとエリナーザの様子を見つめながら、リスレイは感心したような声をあげていた。

そんなリスレイの後方からガリルの剣を見つめていたムラサメは、無意識に唾を飲み込んだ。

（……な、なんなのですか、この付与魔法の数々は……。こんなに剣の能力を強化出来るものなの

ですか……これなら、神獣ヤマタノドラゴに一太刀どころか、首の一つを切り落とすことも出来たかも……）

その能力を測定しながら、その場で固まっているムラサメ。

「あ～あ、フォルミナもあの魔獣と戦いたかったなぁ」

フォルミナは一同の横で、両腕を後頭部で組みながら、唇を尖《とが》らせている。

そんなフォルミナの袖をゴーロが引っ張った。

「……いくらフォルミナお姉ちゃんでも、それは駄目」

そう言いながら、首を左右に振っている。

「え～!?　でもでも、フォルミナだって……」

不満そうに声をあげたフォルミナ。

その頭を、バリロッサが優しく撫《な》でた。

「いや、ゴーロの言う通りだ。今のフォルミナでは、魔獣の首のひとつをぶん殴れたかもしれないが、ブレスをくらっていた可能性が高い」

「……そっかぁ……バリロッサ母様がそういうのなら、そうかもしれないわ」

腕組みをすると、フォルミナはうんうんと頷く。

それは、フォルミナがバリロッサの力量を見極める能力を信頼しているからこその態度であった。

大半の人々が避難し、ほとんど人の姿がなくなっている茶屋で、一同はそんな会話を交わしていた。

◇その夜◇

神獣ヤマタノドラゴ騒動が起きた夜。

フリオ一行は、山間にある古風な様子の施設に宿泊していた。

日出国特有の、タケという細長い木々に覆われた林の中に佇《たたず》んでいるその宿・一夢《いちむ》庵《あん》は、質素な作りの中にも、その庭には小さな滝があるなど、様々な趣向が凝らされている。

そんな一夢庵の中で、フリオ一行は最高級の部屋を提供されていた。

全員が一度に宿泊出来る大広間の中、

「あ、あの……こんなにすごい部屋でなくてもいいのですけど……転移魔法で一度自宅に帰ることも出来ますし」

フリオは苦笑していた。

フリオ達の前には、夕食の御膳が並べられている。

その膳の前から、いつはちが身を乗り出す。

「いいえ、そういうわけにはいきませんデス。あなた様は日出国を神獣ヤマタノドラゴの脅威から救ってくださった英雄なのデス。今夜は日出国あげてのお礼の宴《うたげ》を開催させていただかないと、日出国の沽券《こけん》に関わるのデス」

昼間のきっちりした着物姿から、両肩を出した艶っぽい着物に着替えているいつはちは、ズイッと顔を突き出しながら、手に持っているとっくりをフリオに差し出していく。

「さぁ、お酌させていただくのデス！」

「あ、はい……どうもありがとうございます」

苦笑しながら、いつはちのお酌を受けるフリオ。

そんないつはちを押しのけるようにして、一人の男がフリオに近づいた。

「あなた様が、あの神獣ヤマタノドラゴを退治なさったフリオ殿でございますな？」

きらびやかな着物に身を包んでいるその男は、満面の笑みを浮かべながらフリオを見つめていた。

ちなみに、その男の後方には、正装に身を包んでいる数十人の男女が列を成していた。

その者達はみな、フリオが、神獣ヤマタノドラゴを退治したと聞きつけて、日出国の各地から駆けつけて来た者達ばかりであった。

「あの神獣ヤマタノドラゴは、まさに自然災害と申しますか、我々、人種族や魔族の手ではどうにも出来ない、まさに天災と言われて久しかったのであります。それを、日出国最強の魔導士と言われたアルベハルーナが、自らの命と引き換えに護国山に封印したと言われておったのですが……いや、フリオ殿は、アルベハルーナの再来！　日出国の守護者と言っても過言ではございませぬ」

高笑いをしながら、男はフリオへ酒を勧める。

そして、酌が終わると、その男はフリオの耳元に口を寄せ、

「……いかがでしょう、あなた様さえよろしければ、ぜひとも我が貴族家で召し抱えさせていただ

きたく思っているのですが……」

こそっと囁《ささや》いた。

すると……

「ちょっと待つのでございますの！」

そこに、その男の後ろに控えていた、手に鳥の羽で出来た扇を携えている女がにじり寄る。

「神獣ヤマタノドラゴを倒す程のお力をお持ちの御仁、我が主君のもとにこそふさわしいと思いますの！　その証《あかし》として、お好きなだけの金子を提供させていただきますの」

そう言い、ポンポンと手を叩《たた》く女。

それを合図に、後方に控えていた小猿姿の使い魔達が黄金の延べ棒を運びこんでくる。

「え〜い、金に物を言わせるなど、下品なことこの上なし！」

その小猿を蹴り飛ばしながら、筋骨隆々な鹿人の女がフリオのもとへにじり寄っていく。

「我が主君は、提供出来る金子の量ではこの女に劣りますが、我が主《あるじ》を始め、皆で心ゆくまでの歓待をお約束いたしましょう……お望みとあらば、この後すぐにでも……」

そう言いながら、鹿人の女はその胸元を露《あら》わにし、ウインクする。

次の瞬間、鹿人の女の首に鋭い爪が押し当てられた。

鹿人の女の背後では、右手の先だけを牙狼化させたリースがにっこり微笑んでいた。

「……あのですね、家族の夕飯の場なのです……そういうこざかしいお話は、心の底から迷惑ですので、二度と旦那様の前に顔を見せないで頂きたいですわ」

にこやかな口調とは裏腹に、その爪には明らかな殺意がこめられていた。

その爪を前にして、鹿人の女は思わず息を呑《の》む。

（……この女……確か、フリオ殿の奥方と聞いておったが……ま、まさか……この私に、気配を悟らせぬままに、背後を取るとは……相当出来る……）

リースの迫力を前にして、鹿人の女は身動き一つ出来なくなっていた。

その女に爪を押し当てながら、フリオの前方に列を成している人々をにっこりと微笑みながら見回していくリース。

「そういう訳ですので、皆様、今日はお引き取りくださいませ」

「い、いや……しかし……」

「我らも、主君の命を受けて、勧誘に来ておるのであって……」

「帰れと言われて帰るわけには……」

リースの言葉に、言葉を返していく列の者達。

その者達へリースは改めて視線を向ける。

「い　い　で　す　ね　？」

にっこり微笑んでいながらも、その目には氷のような冷気が宿っていた。

背後には魔素のオーラが揺らめいており、その迫力を前にして、列の一同は何も言えなくなってしまう。

そんな一同を、リースは再度見回した。

「いいですね？」

再びのリースの言葉を前にして、更に言葉を発する者は一人として存在しなかった。

◇◇◇

貴族の使いが全て退席した大広間の中、

「いや、フリオ様や皆様には、嫌な思いをさせてしまい、本当に申し訳ありませんでした」

一同の前に移動し、正座しているムラサメが深々と頭を下げた。

「この日出国には、多くの貴族が存在していまして、皆、日々小競り合いを繰り返しながら自分達の領土の拡大を目指しているのですが……それゆえに、力を持つ者を一人でも多く召し抱えようと必死なのでございます。

この度のフリオ様のように、神獣ヤマタノドラゴを倒したとなりますと、その者を召し抱えることが出来れば、それは日出国最強を名乗るにふさわしいといえるだけに、皆必死なのでございましょう……皆、必死なのはわかりますが……同じ日出国の住人として、なんともお恥ずかしい一面をお見せしてしまい、なんとお詫《わ》びの言葉を申し上げればよいのか……」

深々と頭を下げ続けるムラサメ。

そんなムラサメに、フリオはいつもの飄々とした笑顔を向けていく。

「そんな事、気になさらないでください。全然気にしておりませんので」

「フリオ様……」

「僕は、どこの貴族にも仕官する気はありませんので、改めてそのお話を持ってこられましても、全てお断りさせて頂きます」

「えぇ、それでしたら、すべての貴族が納得すると思いますので……」

ムラサメの言葉に、フリオが頷く。

そんなフリオの隣で、リースは頬をプゥっと膨らませたまま、そっぽを向いていた。

「私は、旦那様に色仕掛けを仕掛けようとしたあの女の事は許せませんけどね」

「ま、まぁまぁ、リース……」

フリオはそんなリースの肩を、なだめるようにポンと叩く。

「僕が愛しているのはリースだけだからさ。他の女性に心を奪われるような事は絶対にないから、安心してよ」

その言葉を聞いたリースは、肩まで真っ赤になっていく。

「も、もう……皆がいる前でそんな恥ずかしい事を言わないでくださいませ……でも、嬉しゅうございます……」

真っ赤な顔のまま、リースはそっとフリオに体を寄せていく。

先ほどまで怒っていたはずの顔は、あっという間に笑顔になっていた。

「じゃ、じゃあ、そういうわけで……晩ご飯を頂くとしようか、みんな」

そんなリースを横目で見つめながら、フリオは皆に声をかけた。

◇◇◇

フリオの声を受けて、大広間ではようやく夕食がはじまった。

「このご飯、上品で美味しいわ」

エリナーザは、嬉しそうな声をあげていた。

その御膳は小鉢がたくさん並んでおり、その一つ一つに、趣向をこらした料理が一品ずつ盛り付けられていて、見た目にも彩り豊かに仕上げられていた。

その小鉢の料理を少しずつ口に運びながら、エリナーザは感嘆の声をあげる。

「ほんと、こんな料理って、クライロード魔法国では見ないよね」

リスレイも笑みを浮かべながら、小鉢の中身を口に運んでいた。

二人の言葉を聞きながら、リースはお膳の料理を見つめ続けていた。

フリオ家の食事を中心になって取り仕切っているリース。

居候を合わせると相当な人数になる上に、毎食、一人で五人前以上食べる人間が複数いるフリオ家では、こんな小鉢に分けながら料理を出す余裕などなかった。

大皿に大量の料理を盛り、その皿を食卓に並べ、小皿に取り分けるのがフリオ家のいつもの食卓の光景である。

（……なるほど。……こういう食事の提供の仕方もあるのですね……クライロード魔法国の食堂で

は、このような繊細な料理にはお目にかかれません……よい参考にいたしませんと）

リースは盛り付けを観察し、口に運んではしっかりと噛《か》みしめて味を確認していく。

そんなリースの肩に、そっと手を置くフリオ。

「リースの食事はいつも美味しいんだから、今日は食事を楽しめばいいんじゃないかな」

そう言いながら、いつもの飄々とした笑みをその顔に浮かべていく。

そんなフリオの心遣いに、

「だ、旦那様……あ、ありがとうございます」

リースはにっこり笑顔を返した。

そんな二人の隣では、

「お代わりほしいの！　ほしいの！」

あっという間に料理を平らげたワインが、空になったお膳を持ち上げながら声をあげていた。

「あ、はいはい。すぐにお持ちいたしマス！」

そんなワインのもとに、給仕役として部屋の中に残っているいつはちが、笑顔で駆け寄っていく。

「あはは、ワイン姉さんは相変わらずたくさん食べるね」

「もちろんなの！　いっぱい食べて元気いっぱいなの！　なの！　ガリガリもいっぱい食べるの！

食べるの！」

「そうだね、俺も明日の剣闘大会に備えてしっかり食べないとね」

笑顔のワインに、ガリルも笑顔を返していく。

しかし、ガリルの言葉を聞いたムラサメがその場で固まった。

「……あ、あのガリル君……」

「ん？　どうかしたの、ムラサメ先生」

「……そ、その……非常に申し上げにくいのでございますが……」

ムラサメはお膳の後方に移動すると、正座をしたまま深々と頭を下げる。

「じ、実は……剣闘大会が開催される闘技場が、護国山の頂上にあったのでございます……」

「……え？」

ムラサメの言葉に、ガリルが目を丸くする。

周囲の面々も、ガリル同様に目を丸くしていた。

「……護国山って……今日、業火が吹き出したあの山だよね？」

「そ、そうなのでございます……その業火のせいで、闘技場が吹き飛んでしまい……明日の大会は中止になってしまいまして……」

「あちゃあ……そうなんだぁ」

ムラサメの言葉に、天を仰ぐガリル。

しかし、一度大きく息を吐き出すと、

「まぁ、でも、壊れちゃったものはしょうがないもんな……とりあえず、今日は美味しいご飯を食べる事が出来たってことで、よしとしよっか」

そう言うと、再びご飯を口に運んでいく。

「あ、あの……ガリル君？」

「ムラサメ先生、闘技場が壊れたのは先生のせいじゃないんだし、気にしないでください」

「ガリル君……」

ガリルの言葉に、ムラサメは安堵《あんど》の表情を浮かべた。

その光景を、笑顔で見つめているフリオ。

（大会が中止になったと聞いても、取り乱すことなく、逆にムラサメ先生の事を気遣うことが出来るなんて……成長したな、ガリル……）


宴会場では、この日、遅くまで賑《にぎ》やかな声が響いていた。

◇日出国・一夢庵の外◇
一夢庵の玄関前に、多くの男女の姿があった。

皆、神獣ヤマタノドラゴを退治したフリオを勧誘するためにはせ参じた者達である。

「……神獣ヤマタノドラゴを倒したフリオ殿がすごい力の持ち主であるのは理解していたが……まさか、奥方までもが我らを圧倒する迫力をお持ちとは……計算外であったな……」

「しかし、フリオ殿は日出国のどの貴族のもとにも仕官しないとのこと……で、あれば、我が主君も納得してくださるのではないかと思います……しかし、惜しい……本当に惜しい」

「言うでない……それは私も同じ気持ちです……ですが、ご本人がそういうお気持ちであられます以上、私達に出来る事はこれ以上ございません」

そんな会話を交わしながら、一人、また一人と一夢庵の前から立ち去っていく。

その中の一人が、護国山の方へ視線を向けた。

「……しかし、神獣ヤマタノドラゴが出現したせいで、闘技場が破壊されてしまったのは痛恨の極みでござった……明日、闘技場で開かれる予定であった剣闘大会が中止になってしまったからな」

「そうですね……あの大会で、各貴族家の序列が決まりますからね……しかも、今回の大会には、そのご子息も参加予定だったとか……結果によっては、そのご子息をスカウトするという手もあっただけに……」

そんな会話を交わしながら、護国山を見上げている者達。

「……しかし、何故《なぜ》、護国山がいきなり業火を発したのであろうか……封印結界が弱まっていたという話は聞かぬし……」

「そうだな……神獣ヤマタノドラゴが封印されている地下洞窟まで穴でも開いたのであれば、業火が吹き出す可能性もあるやもしれぬが……」

「いやいやいや、それはありえぬであろう……神獣ヤマタノドラゴが封印されている洞窟は地下深くだし、途中には結界も張られていた……その結界を突破し、なおかつ地下奥深くまで到達する穴が開くなんて……そんな事、伝説級のアイテムでも使わないとありえないであろう……」

第三章……金髪勇者かく戦えり……8

◇とある村のとある酒場◇

この夜……金髪勇者一行は、とある酒場にて酒盛りを行っていた。

「はっはっは。やはり酒はいいな。百薬の長とはよく言ったものだ」

酒がなみなみと注がれているジョッキを掲げながら、高らかな笑い声を上げている金髪勇者。

その隣では、口に酒瓶を三本くわえているアルンキーツが椅子の背に体を預けるようにして倒れ込み、天を仰いでいた。

「……も、もう飲めないで……あ、ありますぅ……」

「だ〜っはっはっは。アルンキーツってば、酒弱いなぁ」

そんなアルンキーツの隣では、ガッポリウーハーが楽しそうに笑いながらアルンキーツの豊満な胸をバンバンと叩《たた》く。

その度にアルンキーツの胸が豪快に揺れ、その様子を周囲の男達《たち》がチラチラと横目で見つめていた。

「うふふぅ、みんなでご飯を食べるのって、やっぱり良いわねぇ」

巨大な肉を頬張り、それを酒で流し込みながら、ご機嫌な様子のヴァランタイン。

その豪快な様子に、酒場の中から感嘆の声があがる。

「お酒はいいでござる……一日の疲れが吹き飛ぶでござるよ」

ヴァランタインの隣に座っているリリアンジュは、その頬を赤くしながらコップに入った酒を飲み干していく。

そんなリリアンジュの肩を、金髪勇者が笑いながら叩く。

「うむ、いつも斥候として先行してくれて助かっておるぞリリアンジュよ。さぁ、もっと飲め、飲め！」

そう言うと、空になったグラスに酒を注いだ。

「慰労のお言葉、感謝の極みでござる」

そんな金髪勇者の言葉に嬉《うれ》しそうに破顔しながら、コップの酒を再び飲み干していく。

「うふふ～。今日はいっぱいお金がありますから、支払いを心配する必要がありませんものねぇ。うふふ～私もいっぱい飲んじゃいますよ～」

ツーヤも嬉しそうに微笑《ほほえ》みながら、コップに注がれた酒を飲み干していく。

「うむ、ツーヤにはいつも苦労をかけておるからな。今日くらいは全て忘れて飲みまくるがよい」

満足そうに頷《うなず》きながら、ツーヤに声をかける金髪勇者。

（……しかし、今朝の仕事はなんだったのだろうな……山の頭頂部に穴を掘ってほしいというなんとも簡単な仕事であったが……確かに、途中に妙な結界があったが、伝説級アイテムであるドリルブルドーザースコップを使用しておる私の前では問題にもならなかったわけだが……ま、結構な金をもらえたわけだし、気にすることはないか……）

そんな事を考えながら、金髪勇者もまた酒を飲み干していく。

そんな金髪勇者一行が陣取っている酒場のテーブルは、明け方近くまで賑《にぎ》やかな声が響いていたのだった。

◇翌朝◇

「……店主よ、今なんと言った？」

金髪勇者は、眼前にいるこの食堂の店主を前にして、目を丸くしていた。

金髪勇者の後方には、一晩中飲みまくり食べまくった金髪勇者一行の面々が満足そうな表情を浮かべ、フラフラしながら立っていた。

そんな一同を前にして、酒場の店主は金髪勇者に対して眉間にシワを寄せながら、金髪勇者から受け取った金貨を見つめていた。

「ですので……その……大変申し上げにくいのですが……ここにお出し頂いた金貨ですが……すべてよく出来た偽金でございまして……」

他の客に聞こえないよう、金髪勇者の耳元へそっと話しかける。

「な、なん……だと……」

店主の言葉に、金髪勇者は再びその目を丸くした。

その横では、ツーヤが、金髪勇者同様に目を丸くして立ちつくしていた。

酒場の店主は、そんな二人を交互に見つめると、

「ですので……お支払いは、他の貨幣でお願い出来たらと……」

揉《も》み手《で》をしながら金髪勇者にすり寄っていく。

そんな酒場の店主の前で、金髪勇者は目だけをツーヤへ向けた。

（……他に金はあるのか？）

目の動きだけでツーヤに話しかける金髪勇者。

金髪勇者の視線を読み取ったツーヤだが、その黒目がゆっくりと真ん中に寄っていく。

（×）

今にも泣きそうな表情を浮かべたツーヤを前にして、他に貨幣がない事を悟った金髪勇者は、視線を酒場の店主へ戻した。

「あ……あぁ、そうだな店主よ……ちょっと待ってくれ……」

そう言うと、金髪勇者は右手を後方へ伸ばす。

その手が、すぐ後ろに立っていたガッポリウーハーの肩を摑《つか》んだ。

「んぁ？　どうしたんすか、金髪勇者様ぁ？」

へべれけに酔っ払っているガッポリウーハーは、とろんとした視線で金髪勇者の手を見つめた。

そんなガッポリウーハーを、店主の前に立たせると、

「……すまん、店主。今日の代金は後日必ず払いにくる！　それまで、こいつをここで働かせるゆ

え、それで今は勘弁してくれ！」

そう言うが早いか、ガッポリウーハーをその場に残し、店外へ向かって駆けだした。

その後を、ツーヤ、アルンキーツを背負ったヴァランタインとリリアンジュが追いかけていく。

「ふぁ!?　ちょ、ちょっと金髪勇者様ぁ!?」

完全に取り残されたガッポリウーハーは、その顔に困惑した表情を浮かべながらあたふたしていた。

「はぁ……まぁ、一人残してくださっただけ、よしとしますか」

そう言うと、酒場の店主はガッポリウーハーの肩をポンと叩いた。

「と、言うわけで、あの方々が戻ってくるまで、皿洗いでもしてもらいましょうかねぇ」

「え？　え？　ちょ、ちょっと待ってよ……」

酒場の店主の言葉に、ガッポリウーハーは今にも泣きそうな表情を浮かべる。


ガッポリウーハーを残し、店の外を疾走していく金髪勇者一行。

「うむ……今にして思えば、妙に金払いがいい依頼主だとは思ったが……まさか、偽金で私達を働かせていたとは……」

金髪勇者は歯ぎしりしながら、前方を睨《にら》む。

一行の姿は、あっという間に村の外へと消えていった。

◇◇◇

数刻後。金髪勇者一行は、森の奥にある巨木の根元に集まっていた。

「ゴッド偽金だと?」

リリアンジュの言葉に、金髪勇者は眉間にシワを寄せた。

「はい……拙者が周囲の村々から仕入れてきた情報によりますれば、最近この近隣の街々で、本物と見分けがつかない程神がかった出来の偽金が出回っているそうでして、それをゴッド偽金と呼んでいるそうでござるが……今回我らが受け取った偽金が、どうやらこのゴッド偽金だったようでござる」

リリアンジュの言葉に、金髪勇者は腕組みした。

「……で、そのゴッド偽金の出所はわかっているのか?」

金髪勇者の言葉に、リリアンジュは眉間にシワを寄せた。

「仕事を依頼し、このゴッド偽金で支払いを行っていた連中は、いずれも雇われた者達であるというのはわかっているのでござるが……その中にひとつ、有力な情報がござった」

「有力な情報?」

「は。ゴッド偽金で仕事を斡旋《あっせん》していた者達が、クライロード魔法国の近隣にある小国家カーストリア国へ入っていくのを見た者がいるとのこと……」

「ふむ……カーストリア国か……」

金髪勇者は顎に指をあてながら考えを巡らせる。

「……うむ、考えても仕方あるまい。とにかく、そのカーストリア国に行って、ゴッド偽金の不正を暴き、我らの労働の対価としての正式な金を支払わせねばなるまい。この様子だと、被害にあったのは我らだけではなさそうだしな」

腕組みをしている金髪勇者は、一度大きく頷いた。

◇◇◇

金髪勇者一行は、荷馬車魔人アルンキーツが変化した荷馬車で街道を移動していた。

「……昨日、東国の島国にて、穴掘りの仕事を受けられたでござるが、その際に支払いを行った一行が、カーストリア国へ入っていったのを確認しているでござる」

リリアンジュの報告を、腕組みをしながら聞いている金髪勇者。

金髪勇者は、足下に転がっている布袋に詰まっているゴッド偽金を見つめながら考えを巡らせていた。

「ふむ……。あの仕事の依頼主が、その国に入っていったとなると、このゴッド偽金の事を知っているとみて間違いはなさそうだな」

金髪勇者の言葉に、リリアンジュが頷く。

「使い魔であるカマキリを総動員して調べましたでござるが、ここ最近ゴッド偽金の被害報告が頻発しているでござる……その全ての案件に、このカーストリア国が絡んでいるでござる……」

リリアンジュの言葉に、金髪勇者は腕組みしながら、少し考え込む。

「リリアンジュよ、お前の話では、この国の王とやらはすでに亡くなっているというではないか。では誰がこのゴッド偽金を作っているのだ？」

「カーストリア王が死去すると同時に、発言力を増した貴族がいるのでござります。この貴族ですが、カーストリア王によって貴族として任命されたばかりの者だったのでござるが、カーストリア王の死後、相当な金を裏でばらまくことによって今の地位を得たと言われておりまして……」

「……ふむ、その際に使用されたのがゴッド偽金だというのか」

リリアンジュの説明を聞きながら、腕組みをしたまま頷く金髪勇者。

すると、金髪勇者の隣に座っているツーヤが、ニッコリ微笑み、

「じゃあ、その貴族様にぃ、このゴッド偽金を引き取っていただいてぇ、正規のお金に交換してもらえばいいんですねぇ？」

「まぁ、そういうことではあるのだが……」

金髪勇者は、そう言うと、荷馬車の窓の外へ視線を向けた。

（……まぁ、そう簡単に話が進めば苦労はしないのだがな……）

その時だった。

窓の外を眺めていた金髪勇者の視線の先、荷馬車状態のアルンキーツのすぐ脇を、馬に乗った少女がすさまじい勢いで疾走していった。

「な、なんだ？」

びっくりした表情を浮かべる金髪勇者。

すると、少女の後方から、半人半馬であるケンタウロス族の男達が疾走し、アルンキーツを抜き去ると、馬に乗った少女を追走していく。

鎧《よろい》を身につけているケンタウロス族の男達は、かなりの速度で疾走し続けていた。

「あのケンタウロス族ってばぁ、弓なんか放ってますわぁ。危ないったらありゃしないわねぇ」

窓から身を乗り出して、前方の様子を確認したヴァランタインが呆《あき》れたような声をあげた。

金髪勇者は、

「アルンキーツよ、とりあえず追え！」

アルンキーツへと指示を出す。

……しかし。

『さすがにあの速度には追いつけないであります……ですので』

アルンキーツは、そう言いながら荷馬車の後部ハッチを開ける。

そこから、ロープにつながれた小型の荷馬車が、

『……はふん』

アルンキーツの艶っぽい声とともに出現した。

「……アルンキーツよ……妙な声をあげておったが、あの荷馬車をどこから出したのだ？」

『それはおし……ゲフンゲフン、こ、細かいことを気にしてはいけないであります。それより、こ

の小型高速荷馬車で追いかけてほしいであります』

「う、うむ、わかった」

アルンキーツの言葉を受け、金髪勇者は小型高速荷馬車へと乗り込んでいく。

『この小型高速荷馬車は、走力に特化した自分の分身であります。操馬台の足元にあるのが加速指示機で、これを踏み込むと加速するであります。左右の動きは手綱で操舵《そうだ》してほしいであります』

「う、うむ……だいたいわかった」

金髪勇者は、アルンキーツの説明を聞きながら、小型高速荷馬車の操馬台に乗り込むと、手綱を両手で握りしめ、同時に加速指示機を踏み込んだ。

すると小型高速荷馬車は、アルンキーツを追い越し、ケンタウロス族の男達を追走し始める。

（……うむ、これはなかなかな速度だな）

そう思った金髪勇者はさらに加速指示機を踏み込んでいく。

それを受けてさらに加速していく小型高速荷馬車。

その前方に、先ほどのケンタウロス族の男達の姿が見え始めた。

……ここで、金髪勇者はある違和感を感じた。

「……ところでアルンキーツよ……この小型高速荷馬車は、どうやって止まればいいのだ？」

『どこかにぶつかるであります』

「は？」

アルンキーツの言葉に、金髪勇者は唖然《あぜん》とした表情を浮かべた。

「……アルンキーツよ、よく聞こえなかったのだが……この小型高速荷馬車は、どうやって止まればいいのだ？」

『だから、言ったでありますよ。その小型高速荷馬車はいかに早く移動するかを突き詰めた馬車であります。そのため、速度の妨げになるような余計な部品は一切ついていないであります。ブレーキのような速度の邪魔にしかならない装備は排除されているであります。

それが偉い人にはわからないのでありますよ、うんうん』

小型高速荷馬車から聞こえてくるアルンキーツの声は、どこかドヤった声をしていた。

「馬鹿者！　それは偉い人の考えの方が正しいというかだな……！」

そんなアルンキーツへ、おもいっきり抗議の言葉を吐き出していく金髪勇者だったのだが、すでに相当な速度で走行している小型高速荷馬車は、あっという間にアルンキーツの視界から消え去っていった。

その光景を、アルンキーツの本体である荷馬車の中から見つめていたツーヤ達。

「……ね、ねぇアルンキーツ……金髪勇者様は大丈夫なんでしょうね？」

高速で走り去った小型高速荷馬車を見送ったヴァランタインは、額に汗を流していた。

そんなヴァランタインに、アルンキーツは、

『大丈夫であります。小型高速荷馬車がどれだけ壊れてしまっていても、自分の中に収納後、二刻もあれば完全修復出来るでありますから！』

ドヤった声で言い切った。

「……この際、小型高速荷馬車の事はぁ、正直どうでもいいんだけどぉ……もしぃ、小型高速荷馬車が停止するためにどこかに激突した場合ぃ、乗車している人種族はどうなるわけぇ？」

ヴァランタインがアルンキーツの声が聞こえてくる荷馬車の天井へ向かって声をかける。

『……あ～……』

妙な間とともに、アルンキーツの返事が聞こえてきた。

『はっはっは。自分とした事が……乗車している人の事まで、気が回っていなかったであります』

「「ちょ!?」」

脳天気なアルンキーツの返事を聞いた荷馬車内のツーヤ・ヴァランタイン・リリアンジュの三人は、声を張り上げながら立ち上がった。

「き、金髪勇者様ぁ！」

ツーヤが荷馬車の窓から身を乗り出し、声を張り上げる。

しかし、その視線の先に金髪勇者が乗車している小型高速荷馬車の姿はなかった。

◇◇◇

……じさま…………おじさま

金髪勇者は、遠くから聞こえてくる声に気づき、意識を取り戻した。

まだ完全に覚醒していない頭はかなりふらふらしており、体を動かすのもままならない。

……だが、

「おじさま？　大丈夫ですかおじさま？」

その耳に、ようやくはっきりと声が聞こえてきた。

「……う、うむ……」

その声に、金髪勇者はゆっくりと目を開ける。

「あぁ！　お目覚めになられたのですね、よかった」

その声の主である少女は、倒れ込んでいる金髪勇者の頭を自らの膝にのせ、その手を握りしめながら懸命に声をかけ続けていた。

「……むぅ……わ、私はどうしてしまったのだ？」

そう言いながら起き上がろうとする金髪勇者。

……だが、その体中に激痛がはしり、

「……うぬぅ!?」

再び倒れ込んでしまう。

そんな金髪勇者の様子に、少女はあたふたしながら、

「ご、ご無理はいけません！　あなた様は、私を追いかけていたケンタウロス族の男達に激突しながら、この崖下に落下なさったのですから……」

金髪勇者の額を押さえ、再び自分の膝の上へと戻していく。

少女の膝に再度頭をのせた金髪勇者は、徐々に記憶を取り戻していた。

アルンキーツの小型高速荷馬車に乗り込み、馬に乗った少女を追いかけた金髪勇者。

『えぇい！　やけくそだぁ！』

少女に弓を放ちながら追走していたケンタウロス族に、後方から激突し、はじき飛ばしたまではよかったのだが……止まる術《すべ》を持たない小型高速荷馬車はそのまままっすぐ突っ走り続け、馬に乗った少女を追い越し、最後は崖から落下してしまったのであった。

「おじさまが、身を挺《てい》してあのケンタウロス族を退治してくださっていなかったら、私は無理矢理結婚式が待つカーストリア城へ連れ戻されるところでした……」

少女はそう言うと、金髪勇者に向かって頭を下げた。

「私の名前はクルビズ……カーストリア国の第一王女で……きゃあ!?」

……その時、クルビズと名乗った少女の体が突然宙に舞い上がった。

悲鳴をあげるクルビズ。

クルビズが空へ引っ張り上げられたため、金髪勇者は膝枕から強制的に放り出され、岩場へ頭を打ち付けてしまう。

「……よし、ケンタウロス隊が取り逃がした、クルビズ第一王女を無事確保した。鷹人《たかびと》部隊これより帰還する」

クルビズの体を抱き抱え、空に舞い上がる鷹人は、いずこかへ思念波を飛ばしながら上昇していく。

「おじさま～！」

鷹人に捕らえられたクルビズは、悲鳴にも似た声をあげながらその手を必死に伸ばしていた。

……しかし、その手は空《むな》しく虚空を彷徨《さまよ》うばかりで、クルビズと鷹人達の姿はあっという間に見えなくなってしまった。

「ぬ……ぬぅ……」

金髪勇者は、痛む体を必死に起こし、なんとか立ち上がろうとする。

すると、その周囲を四匹のスライムが取り囲んでいく。

「プルプル……こいつが、クルビズ第一王女を逃がそうとした不届き者でっすね？」

「プルプル……我らが主《あるじ》の邪魔をする者は殺すしかないぬらぁ」

「プルプル……と、言うわけで、観念するだム～」

「プルプル……我らスライム四人衆が、一瞬で始末してやるで候」

徐々に、金髪勇者へ迫る四匹のスライム。

（……ちぃ、怪我《けが》さえしていなければ、スライム共など……）

金髪勇者は、周囲を取り囲むようにして接近してくるスライム達を見ながら舌打ちをしていた。

◇◇◇

……その頃。カーストリア城では、結婚式の準備が国をあげて進められていた。

華やかに飾り付けられているカーストリア城を、国民達が見上げていた。

「先頃急死したカーストリア王の遺児である、クルビズ第一王女と、カーストリア王の側近として抜擢《ばってき》された貴族のダークネス様との結婚式とはいえねぇ……」

「あのダークネス様って、元々は下級貴族でしかなかったんだよね？」

「そうそう……カーストリア王が亡くなると同時に、急速に発言力を増したって噂《うわさ》なんだけどさ……」

「なんでも、怪しい金をばらまいたって、もっぱらの噂なんだよね……」

「そのお金の力で、この国の最高権力者の座につこうってわけか……」

「……なんか、可哀想《かわいそう》だよな、クルビズ第一王女……カーストリア王が急逝なさったせいで、王座を継ぐことになったとはいえ、成人なさったばかりじゃないか……」

「ダークネス様って、とにかく金に汚い印象しかないし……あの取り巻き連中も、どこかうさんくさいんだよなぁ」

「あの、妙に威張り散らした葉巻男と、ケバい化粧をした、チャイナドレスの女二人だろ？」

「あいつらがダークネス様のお屋敷に出入りするようになってから、偽金をばらまきはじめたって……」

「しっ……迂闊《うかつ》な事を言うんじゃない……ダークネス様の衛兵がどこで聞き耳を立てているかわか

らないんだから……」

城下街は、そんなひそひそ話をする人々の姿で溢《あふ》れかえっていた。

そんなカーストリア城に続く街道を、一台の荷馬車が進んでいく。

「……ここが、今回の警護任務の仕事場ザマスか……」

馬車から降り立ったのは、吸血貴族ザマスだった。

吸血貴族ザマス。

元魔王軍四天王の一人であり、現ホウタウ魔法学校の校長ヨルミニートの側近にして、ホウタウ魔法学校の教員でもあるザマス。

学校の教員としての仕事と並行して、ホウタウ魔法学校の卒業生の就職先の一環としてニート警備会社を設立・運営していた。

ザマスはカーストリア城を見上げながら、手に持っている鞭《むち》で地面をピシッと打ち付ける。

（……仕事とはいえ、どうも今回の仕事は気乗りがしないザマス……）

そんなザマスの後方に、ニート警備会社の面々が集合し、敬礼する。

「ザマス様、点呼終わりました」

「ご苦労ザマス。貴様らはあてがわれた宿舎へ即時移動、荷物を降ろしたらいつでも警邏《けいら》を開始出来る態勢で待機するザマス。私は到着の報告と、警備の詳細を関係者と詰めてくるザマス」

「「「はい！」」」

ザマスの言葉に、元気な声で返事をした一同は、駆け足でその場から立ち去る。

その後ろ姿を確認したザマスは、城の中へと入っていく。

周囲に、ハイヒールの踵《かかと》の音がカツカツと響いていた。

◇カーストリア城内・離れの一室◇

カーストリア城内から完全に隔離された塔の上部にある一室。

城から、橋板を伸ばさねば行き来出来ない仕組みになっているその隔離部屋の中に、貴族ダークネスの姿があった。

その眼前には、ベッドの上で寝息をたてているクルビズ第一王女の姿。

睡眠魔法で眠らされているらしく、起きる気配は全くなかった。

そのクルビズの姿を見下ろしながら、ダークネスはその顔に淫猥《いんわい》な笑みを浮かべる。

「あたくし思いまするに、まさかここまでトントン拍子に話を進めることが出来ますのも、ひとえにこの、私の弁舌能力と、ゴッド偽金の力があったればこそ、と、あたくし思いまする」

「おいおい、勘違いするでない」

その後方から、葉巻をくゆらせながら、恰幅《かっぷく》のいい男が歩み寄る。

その左右からは、チャイナドレスに身を包んでいる二人の女が姿を現した。

「そうコン。あなたが、この国の王になれるのは、闇王様とアタシ達、魔狐《まぎつね》姉妹のおかげコン」

「アタシ達の助力がなければ、ゴッド偽金の増産もままならなかったココン。それに、こんな短期間に国力を高めることも出来なかったココン」

不敵な笑みを浮かべている闇王と魔狐姉妹。

そんな三人を、ダークネスは淫猥な笑顔のまま見つめた。

「あたくし、もちろん理解しているであります。貴殿達の助力あってこそ、こんな短期間にこの国で権力を得ることが出来たでありまする。元は魔王軍の一員として権力を振るっていたこのあたくしが、まさか人種族として国王の座につけるとは思ってもみなかったと、あたくし思いまする」

ダークネスは、その視線をクルビズへ向けると、再び淫猥な笑い声をあげた。

『ダークネス様』

その脳内に、城側で執務に当たっているダークネスの側近ジョルノからの思念波が届いた。

「なんですか、と、あたくし思いまする」

『依頼しておりましたニート警備会社の者達が到着し、その責任者がダークネス様との面会を求めております』

「わかった、すぐ行く、と、あたくし思いまする」

ダークネスは、クルビズの顔に自らの顔を近づけ、その顔をのぞき込む。

（……まぁ、あたくしが王の座についてしまえば、不慮の死を遂げる予定と、あたくし予定しているでありますけれども、その前に、しっかり楽しませてもらうでありますす。処女の生き血を貪りな

がらというのも、一興である、と、あたくし思いまする）

淫猥な笑みを浮かべながら、ダークネスはこの部屋唯一の出入り口へ向かっていく。

同時に、闇王と魔狐姉妹の三人もその後に続いた。

四人が出ていくと同時に、橋板が外され、この部屋は再び塔の上で孤立した状態になった。

その部屋の中で、クルビズはひたすら眠り続けていた。

◇◇◇

金髪勇者は荒い息を繰り返し、肩を上下させていた。

その手には、伝説級アイテムドリルブルドーザースコップが握られていた。

金髪勇者の眼前には、無数の落とし穴があいており、その中には先ほど金髪勇者に肉薄していたスライム達の無残な姿が転がっていた。

先ほど、怪我のためまともに動けなくなっている金髪勇者に殺到した四匹のスライム達。

「プルプル……さぁ、あの世へ行くだム！」

一斉に飛びかかったスライム達。

その時、腰の魔法袋から相棒・ドリルブルドーザースコップを取り出した金髪勇者は、

「むん！」

気合いもろとも、自分の周囲に多数の落とし穴を掘りまくっていった。

その時間、わずか一秒。

スライム達は、いきなり出現した落とし穴を避けることが出来ず、

「プルプル……でっす～!?」

「プルプル……だム～!?」

「プルプル……ヌらぁ!?」

「プルプル……で候～!?」

断末魔の叫び声を残し、全員落とし穴の中へと落下したのであった。


「馬鹿め……相棒ドリルブルドーザースコップを手にしたこの私に敗北の文字はない」

金髪勇者はドリルブルドーザースコップを支えにしながら立ち上がる。

「金髪勇者様ぁ！」

そこに、ヴァランタインを先頭にツーヤが駆け寄っていく。

その後方には、荷馬車状態のアルンキーツの姿があり、そこから駆け出したヴァランタイン達が、金髪勇者へ向かって猛ダッシュしていた。

「ヴァランタインよ、もう少し早くこぬか……と、言いたいところであるが、このような雑魚など、私一人で十二分であったがな」

肩で息をしながら、その顔に無理をしてドヤ顔を浮かべる金髪勇者。

そんな金髪勇者を、ヴァランタインが真正面から抱きしめる。

「もう！　こんなお怪我をなさった状態で、無理に虚勢をはらないでくださいませ。本当に大丈夫だったのですかぁ」

金髪勇者をその豊満な胸で抱きしめながら、ヴァランタインが泣きそうな声をあげた。

「……む、むぐ……」

（……だ、大丈夫だったが……い、今、呼吸困難で窒息しそうなのだが……）

ヴァランタインの胸で呼吸停止状態となっている金髪勇者は、必死になって両手を振っていた。

しかし、そんな金髪勇者の様子に気付いていないヴァランタインは、金髪勇者をさらに力強く抱きしめていた。

◇◇◇

窒息寸前になっていた金髪勇者に気がついたツーヤのおかげで、九死に一生を得た金髪勇者は、激しく咳《せ》き込みながら胸を押さえていた。

「あのぉ、金髪勇者様ぁ、申し訳ありませぇん。私ってば、心配しすぎちゃってぇ」

「う、うむ……それはもういい、それより急ぐぞ」

金髪勇者は、そう言うとアルンキーツへ向かって歩き始めた。

「金髪勇者様ぁ、どこに向かうのですかぁ？」

その後を慌てて追いかけていくヴァランタイン達。

「そうだな……とりあえず城だ。カーストリア城に向かうぞ」

◇◇◇

華美に飾り立てられているカーストリア城には、城の衛兵に加えて、各国から雇われた警備団が警備を厚くしており、厳戒態勢が敷かれていた。

ニート警備会社から派遣されているザマスは、隊員達を率い、駆け足で城門周辺を警邏し続けていた。

ザマスを先頭に、二列縦隊になって警邏行軍しているニート警備会社の面々。

正装であるメイド服に身を包み、直立不動の姿勢のままその列の先頭を進んでいくザマス。

(……いくらなんでも、この警備の厚さは異常ザマス)

到着した際、城の応接室で打ち合わせのためにザマスと面会したダークネスは、その顔をマスクで隠し、決してその素顔を見せようとはしなかった。

(……あのダークネスという男、素顔を隠し、気配を隠蔽していたザマスけど……魔族の気配を感じたザマス)

行進しながら、城を横目で見上げるザマス。

その視線の端に、何かの影が飛び込んできた。

「行軍止《や》め！　ザマス」

右手を挙げ、隊列を停止させたザマスは、目を凝らしていく。

その視線の先、何かの影は、城の離れにある孤立した塔めがけて宙を舞っていた。

◇◇◇

「アルンキーツよ！　これで間違いなくあの塔にたどり着けるんだろうなぁ!?」

先端の尖《とが》った荷馬車に乗っている金髪勇者は、絶叫にも似た声をあげていた。

その乗り物は、カーストリア城の上空を舞っていた。

『大丈夫であります！　軌道・高度すべて問題ないであります。小発動艇突貫型は、もうじき塔に着弾するであります』

「ちゃ、着弾ってお前……これは砲弾か何かなのか!?」

『喩《たと》え話であります、喩え話で……あ、それよりも、金髪勇者様』

「な、なんだ？　この非常時に!?」

『……だんちゃ～く……』

「は？」

『……今！』

どご～ん！

アルンキーツの「今」の声と同時に、小発動艇突貫型は、その先端を塔にめりこませた。

その塔は、クルビズが隔離され幽閉されている場所であった。

◇◇◇

「……な、何？」

突如部屋中に響き渡った大音響で、ようやく目を覚ましたクルビズはベッドの中で半身を起こした。

その視線の先、壁の一角には、先端部分が尖った何かが壁をぶち抜くようにして突き刺さっていた。

クルビズが、唖然とした表情のまま、その何かを見つめていると、

『金髪勇者様、今開けるであります』

アルンキーツの声とともに、その尖っている先端部分が左右に開いた。

「……まったく、固定ベルトとかいう奴《やつ》がなかったら、えらいことになっていたぞ……」

乗り物の中から姿を現した金髪勇者は、痛む頭を左右に振りながら、室内を見回していた。

そんな金髪勇者の姿を目にしたクルビズは、

「……あなた様は……確か街道で私を助けてくださった、おじさま？」

おずおずと金髪勇者に近寄って行く。

金髪勇者は、そんなクルビズの姿を確認すると、

「お前が何者か知らぬが、目の前でさらわれたままでは寝覚めが悪いからな」

そう言うと、その顔に笑みを浮かべた。

「そ、そんな……わ、私を助けに来てくださったのですか……」

クルビズは金髪勇者の言葉に、まず驚き、そして感動で目を潤ませる。

金髪勇者のもとに歩み寄り、その手を伸ばす。

「そこまでザマス」

そんな室内にザマスの声が響いた。

小発動艇突貫型の姿を確認したザマスは、高いヒールを壁に突き刺しながら駆け上り、この塔の室内へと駆け込んだのであった。

ザマスは、金髪勇者と、その側《そば》に歩み寄っているクルビズへ氷のように冷たい視線を向けていく。

「……あなた、どこかで見た顔ザマスね……しかし、今はそんなことはどうでもいいザマス。ヨルミニート様の名前で、この結婚式の警備を引き受けた以上、このザマス、侵入者である貴様をここで捕縛するザマス」

そう言うと、右手で握っている黒い鞭で床を叩きつける。

すると、金髪勇者の手前でクルビズが両手を広げ、立ちはだかった。

「クルビズ様……どういうおつもりザマスか？」

冷ややかな表情のまま、眼鏡を押し上げるザマス。

そんなザマスを前にしてクルビズは、

「お願いします！　この方はお助けくださいまし。この方は、私をダークネスから助け出すために来てくださっただけなんです！」

そう言いながら、一歩も引こうとしなかった。

その言葉に、ザマスは眉をピクッと動かした。

「……ダークネスから守る……ザマス？」

その時、金髪勇者とザマスめがけて、部屋の外から弓矢が射かけられた。

「ぬぅ!?」

「ザマス!?」

金髪勇者とザマスは間一髪でそれをかわす。

二人の横、塔の窓側には、いつの間にか多数の鷹人が集合しており、手に手に弓を構えていた。

金髪勇者は、クルビズを抱きかかえてベッドの下に潜り込むと、

「貴様もこい！」

ザマスへ声をかけていく。

ザマスは、その鞭で矢を叩き落としながら金髪勇者に言葉を返す。

「何を言うザマスか!?　私は警備の責任者としてザマスね……」

「ごちゃごちゃ言うな！　死ぬぞ！」

金髪勇者はザマスの足を掴むと、そのまま、無理矢理ベッドの下へ引っ張りこんでいく。

「き、貴様!?　助けるにもやり方があるザマしょうに！」

無理矢理引っ張られたせいで、スカートがめくれ上がり、下着が丸出し状態のままベッドの下に引き込まれたザマスは、慌てた様子でスカートを直しながら抗議の声をあげた。

だが、金髪勇者は、何も聞こえないとばかりに、右手をヒラヒラさせると、

「とにかく、あの小発動艇突貫型に逃げ込むぞ。あれの中に入ればあとはどうにかなる」

そう言い、壁に突き刺さったままの小発動艇突貫型を指さした。

その言葉に、ザマスは舌打ちし、

「……今だけザマス。今だけ協力してやるザマス」

憤懣《ふんまん》やるかたないといった声を絞り出した。

それを確認した金髪勇者は、弓矢の数が少なくなった隙を見いだすと、

「ではいくぞ、3．2．1！」

合図と同時に、ベッドの下から駆けだした。

クルビズとザマスもそれに続いていく。

そこに、今度は部屋の入り口方向から無数の魔法弾が打ち込まれる。

窓の外からの弓に気を取られていた金髪勇者は、魔法弾を数発、胸にくらい、

「がふっ」

口から、鮮血をほとばしらせ、その場に倒れ込む。

「おじさま！」

室内に、クルビズの悲鳴にも似た叫び声が響いた。

クルビズは、慌てて金髪勇者に駆け寄ろうとする。

しかし、クルビズの体を、部屋の中に駆け込んで来たダークネスが横抱きに抱え上げた。

「わが妻よ、お前はこちらでしょう、と、あたくし思いまする」

「いや！　はなして！　おじさま！」

必死に金髪勇者に駆け寄ろうとするクルビズを、ダークネスは軽々と抱きかかえたまま部屋の入り口まで下がっていく。

それと入れ替わるように、魔法銃を構えたダークネスの衛兵達が室内になだれ込んでくる。

「クルビズ第一王女は確保した、と、あたくし思いまする。

乱入した賊二名は、この場で始末するがよい、と、あたくし思いまする」

ダークネスの言葉を聞いたザマスは、氷のように冷たい表情をその顔に浮かべた。

「……この私まで賊扱いザマスか……」

手の鞭を振るうザマス。

その鞭の先が伸び、衛兵達の魔法銃を叩き落としていく。

衛兵達がひるんだ隙に、倒れている金髪勇者の体を小発動艇突貫型の中へ無理矢理引き込んだ。

すると、金髪勇者が乗り込んだのを確認した小発動艇突貫型の前扉が自動で閉じた。

『これより強制回収モードに移行するであります。乗員は席に着き、至急体固定ベルトを……』

ズズ～ン

艇内に、アルンキーツの声が響く中、
小発動艇突貫型は、激しい衝撃を受けた。

「こ、今度は何ザマスか!?」

その衝撃で、ザマスは、金髪勇者を抱きかかえたまま小発動艇突貫型の中で倒れ込んだ。

「よし、もう一発、と、あたくし思いまする」

嬉々《きき》とした声を上げるダークネス。

その横には、入り口から駆け込んできた衛兵達が三人掛かりで抱えている大型魔法バズーカがあった。

その直撃をくらい、小発動艇突貫型は大きく船体を凹《へこ》ませた。

それを見ながら、ダークネスはその口元に悪魔のような笑みを浮かべた。

ダークネスに横抱きにされたまま、その表情を見上げているクルビズは、

「わかりました！　あなたの嫁にでもなんでもなります。もう逃げ出したりしません！　ですからあのお方をお助けください！」

必死になってダークネスに懇願する。

……しかし、クルビズの視線の先でダークネスは、ニヤっと笑うと、

「ダメ、と、あたくし思いまする。お前があたくしの嫁になるのは確定事項だと、あたくし思いまするに、このあたくしの邪魔をしようとした者達は、万死に値する、と、あたくし思いまする」

淫猥な笑みを浮かべながら、右手を眼前の小発動艇突貫型へ向けて振り降ろす。

それを合図に、大型魔法バズーカが再び火を噴いた。

超至近距離から放たれた魔法弾は、小発動艇突貫型の前部に命中し、船体を大きく凹ませる。

「ちぃ、まだ穴があかないとはちょこざいな、と、あたくし思いまする。引き続きもう一発、と、あたくし思いまする」

ダークネスの指示を受け、後方に控えていた魔導士達が、大型魔法バズーカに魔力を注ぎ込んでいく。

ずずず……ず
そんな一同の前で、小発動艇突貫型は重低音を響かせながら後退していき、壁から外れ、地上へ向かって落下していったのだった。

「おじさま！」

懸命に腕を伸ばすクルビズ。

しかし、その体はダークネスに横抱きにされており、その場から動くことは出来なかった。

◇◇◇

「座席に移動出来ないザマス！」

金髪勇者を抱きかかえながら、どうにか座席へ移動しようとしているザマスだが、落下する浮遊感のため、うまく動けなくなっていた。

『着座未確認……ですが、非常事態でありますゆえ、このまま移動を続行するであります』

艇内に、アルンキーツの声が響いていく。

『緊急脱出モードに移行するであります。二人ともとりあえずどこかに摑まるであります』

そう、言うが早いか小発動艇突貫型の底部から魔法動力による圧縮エネルギーが射出され、どこかに向かって高速移動を開始した。

「くぅ！」

どうにか艇内の手すりにしがみつけたザマスだが、小発動艇突貫型のすさまじい加速の前に、その手が離れ金髪勇者とともに艇内を転がっていく。

それでも、小発動艇突貫型は宙を舞っていた。

「え～い、早く打ち落とせ！　と、あたくし思いまする！」

ダークネスの声と同時に、衛兵達が、小発動艇突貫型に向かって再度大型魔法バズーカを放つ。

自動追尾モードで射出された弾は、曲線を描きながら小発動艇突貫型を追いかけ、ドドーン……

小発動艇突貫型に命中した。

小発動艇突貫型の艇体は空中で四散していく。

その光景を間近で見てしまったクルビズは、

「お、おじさま……」

ダークネスの腕の中で、意識を失っていった。

◇◇◇

小発動艇突貫型が破壊された位置より少し離れた森の中。

アルンキーツが変化している荷馬車に乗りこんでいるヴァランタイン達は、荷馬車の上に立ち、上空を見つめ続けていた。

その視線の先には、空中で爆発した小発動艇突貫型からはじき飛ばされたザマスと金髪勇者の姿があった。

「あれですわねぇ。では、いきますわよぉ！」

金髪勇者の体の移動方向を見定めたヴァランタインは、両手の先に邪の糸を出現させ、それを周囲に放った。

邪の糸はネット状になってアルンキーツの周囲に広がっていく。

金髪勇者の体は、ヴァランタインの予想通りの放物線を描きながら、ネットの中央に落下した。

「さすがヴァランタイン様！　ドンピシャリですね！」

その様子にツーヤが歓声をあげる。

「ふふ。これくらい朝飯前よぉ」

そんなツーヤの前で、ドヤ顔を浮かべているヴァランタイン。

『そんなことより、金髪勇者殿を回収出来たのであればこの場から離脱するであります』

そう言うと、アルンキーツは荷馬車の速度をあげていく。

……なお、金髪勇者よりも軽かったザマスは、ヴァランタインのネットを飛び越えて森の中へと落下していた。

◇◇◇

街道を疾走したアルンキーツは、郊外近くにある納屋の中に身を隠していた。

怪我をしている金髪勇者を、ヴァランタインの邪の糸で作製したベッドの上に寝かせ、一同はその容態を見守っていた。

「……ここはどこだ？」

ようやく目を覚ました金髪勇者は、周囲に視線を向けていく。

「金髪勇者様ぁ!?　皆さぁん！　金髪勇者様が目を覚ましましたぁ！」

金髪勇者の顔をのぞき込んでいたツーヤが、目に涙を浮かべながら声をあげた。

その声と同時に、

「金髪勇者様！」「金髪勇者殿！」

金髪勇者のもとに、ヴァランタインを先頭に金髪勇者の仲間達が一斉に駆け込んで来た。

「金髪勇者様ぁ、よがったぁぁぁぁぁぁぁぁぁ、もう死んじゃうのかとおもったですよぉぉぉぉぉ」

そんな一同の前でツーヤは涙をボロボロこぼし、鼻水をたらしながら金髪勇者の胸に抱きついた。

その周囲では、ヴァランタインやリリアンジュも涙をこぼしまくっていた。

「……ち、ちょっと待て……待たぬか、ツーヤ」

金髪勇者の胸には包帯がグルグル巻きにされている。

魔法弾の直撃を受けた傷の手当てをしたと思われるのだが……その傷に、ツーヤが容赦なく顔を押し当てているため、金髪勇者の体に激痛が走っていく。

「金髪勇者ざまぁぁぁぁぁぁぁぁぁぁ」

「えぇい！　落ち着け！　落ち着かぬか！」

◇しばしの間◇

ようやく落ち着いたツーヤを前に、金髪勇者は苦笑を浮かべた。

「だだだ大丈夫ですかぁ、金髪勇者様ぁ」

「うむ、ちょっと（死ぬほど）痛いのだが、大したことはない」

「あの〜……間に見え隠れした心の声がちょっと気になるのですけどぉ……」

「うむ、そこは気にしなくてよい……それよりも、だ」

その視線をリリアンジュへ向ける金髪勇者。

「……リリアンジュよ、クルビズとダークネスの結婚式が明日開かれるというのは確かなのか？」

「間違いござらぬ。周辺国から招待された来賓達が続々とカーストリア国に入国しているでござる。それと、金髪勇者殿の侵入を受けてか、カーストリア城の警備が今まで以上に厳重極まりなくなっているでござる……現状では、クルビズ第一王女殿のもとまでたどり着くのは、まず不可能かと……」

そう言いながら、極秘に入手してきたカーストリア城の地図を指さしていく。

その地図の至る所に、赤い×印が記載されており、かなりの数の警備兵が配置されていることを示していた。

「ふむ……監禁場所が地下室であれば、ドリルブルドーザースコップを使って侵入する事が出来るのだが……」

リリアンジュの言葉に、金髪勇者は腕組みしながら考え込む。

そんな金髪勇者の顔をツーヤがのぞき込んだ。

「金髪勇者様ぁ？　そこまでしてクルビズ第一王女を助ける必要があるのですかぁ？　私達はぁ、ゴッド偽金さえ換金できたらそれでよろしいのではないですかぁ？

このゴッド偽金がカーストリア国から流出した証拠を交渉材料にしてぇ、換金を持ちかけてはいかがでしょうかぁ。他国からも注目されている時に、大事になるのは避けたいと思って、交渉に応じてくれるのではないでしょうかぁ」

ツーヤの言葉を聞き終えた金髪勇者は、一度大きく頷いた。

「ツーヤの言う通り、我々の目的は、ゴッド偽金を正規の金に交換することである……だがな、だからと言ってあの娘が不幸になるのを黙って見過ごすことは出来ぬ。金髪勇者の名にかけてな」

そう言うと、リリアンジュが広げているカーストリア城の図面に視線を向けていく。

そんな金髪勇者を、ツーヤは、

「ホント、手のかかるお方ですねぇ……でも、だからこそ、金髪勇者様なのですよねぇ」

頬を赤く染めながら、真剣な表情で地図とにらめっこしている金髪勇者を見つめていた。

◇◇◇

金髪勇者達は、地図を見ながら話合いを繰り返していた。

しかし、妙案が浮かぶはずもなく、話合いは堂々巡りを繰り返すばかりだった。

その時だった。

「お困りのようアルね？」

納屋の窓から、不意に女の声が響いた。

「何ヤツだ!?」

金髪勇者は、窓の方へ視線を向ける。

ヴァランタインも手に邪の糸を出現させ、リリアンジュも肘から先を刀剣化し、アルンキーツも酒瓶を両手に持ち、ツーヤもフライパンを手にと、思い思いに臨戦態勢をとる。

すると、窓から室内に飛び込んできた一人の女が、金髪勇者のもとへと近づいていく。

「自分、とあるお方の秘密の諜報員《ちょうほういん》を務めているゆえに正体は明かせないアルが、そのお方の指示で、力を貸してもいいアルよ」

そう言いながら、白いマスクで素顔を隠している、ゴスロリ風のメイド服姿のその女は、一枚の紙を金髪勇者に差し出した。

その紙は、カーストリア国内で配布されている新聞の切り抜きであり、

『今夜、式に参列するために魔王軍からも使者が』

と、書かれていた。

「おい、これは……」

そう言いながら金髪勇者が顔を上げた時、すでにその女の姿はなかった。

◇◇◇

カーストリア城の国境に近くに一軒の宿があった。

この宿の周囲には、カーストリア国の衛兵達が配備されていた。

魔法銃などで武装した衛兵達は、蟻《あり》一匹抜け出せないような警備体制で、この宿を取り囲んでいた。

その一室に、ザマスの姿があった。

ザマスとともにカーストリア国へやって来ているニート警備会社の面々も、全員この宿の中に押し込まれている。

クルビズ第一王女を誘拐しようとした金髪勇者の手助けをしたとして、ザマス及びその部下達全員、この宿に幽閉されていたのである。

「まったく、困ったものねぇ、ザマスさん……いえ、吸血貴族ザーマスと言うべきコン？」

ベッドで、半身を起こしているザマスに、金色のチャイナドレスを身につけている女がクスクス笑いながら声をかけていた。

「何故《なぜ》魔王軍を追放された魔狐姉妹がこのような場所にいるザマス？　しかも、カーストリア国の衛兵を指揮する立場にいるのは何故ザマス？」

落下した際の怪我のために身動き出来ない状態なのか、ザマスはベッドに座ったままチャイナドレスの女――魔狐姉妹の姉、金角《きんつの》を凝視している。

そんなザマスの視線の先で、金角狐《きんつの》は手の扇を優雅にあおいだ。

「そんなの決まっているコン。我が主、闇王様が、この国の新たな王となるダークネスと業務提携したからコン」

「あの闇王が裏で暗躍していたザマスか」

「そうコン。びっくりしたコン？」

金角狐《きんつの》が優雅に微笑む。

そんな金角狐《きんつの》を、ザマスは呆れた表情で見つめた。

「えぇ、びっくりしたザマス。これまで、あれだけ多くの失敗を繰り返しておきながら、まだ生きていたことに、ザマス」

その言葉に、怒りの表情を浮かべた金角狐《きんつの》だが、

「コホン……ま、まぁ今は好きに言わせてやるコン。どうせお前達は、式が終わると同時に金髪勇者と一緒に処分されるコン。それまで、ここで大人しくしているコン」

勝ち誇ったように笑う金角狐《きんつの》。

腰をくねらせながら、部屋を後にすると、魔法によって施錠がされた。

◇◇◇

「ザーマス……四天王ヨルミニートの側近だからといって、いつも澄ました顔をしていたいけ好かない女だったコン。でも、これであの女も終わりコンね」

ザマスの部屋に魔法で施錠した金角狐《きんつの》は、クスクス笑いながら廊下を歩いて行く。

「金角狐《きんつの》姉様、話は終わったココン？」

金角狐《きんつの》の前に、銀色のチャイナドレス姿の女が歩み寄った。

「えぇ、問題なく終わったコン、銀角狐《ぎんつの》。それよりも、そっちの手はずはどうだったコン？　小耳に挟んだコンけど、日出国《ひいずるくに》での作戦をしくじったコン？」

「ん～……穴掘りが得意な者を雇って、神獣が封印されている山に大穴を開けるのは成功したココン……その後、神獣が出現し、人々が逃げ惑っている隙に、金銀財宝を強奪する計画だったココンけど……どういうわけか、神獣が一瞬にして消えてしまったココン」

「消えたコン？　神獣が？」

「そうココン……そのせいで、強奪する時間がなかったココン。即座に撤収したココン」

「まぁ、仕方ないコン。神獣が、封印されている間に弱体化していて、あっさりと退治されたのかもしれないコン」

「ん～……未《いま》だに原因は不明ココンけど、その失敗の分も、また改めて挽回《ばんかい》するココン」

「そうコンね。この国の鋳造技術を上手《うま》く利用すれば、ゴッド偽金を作り続けることも可能コン。そうすれば、闇商会の手でクライロード世界を牛耳ることも夢じゃないコン」

金角狐《きんつの》は目を輝かせながら右手を握りしめる。

「私も頑張るココン、金角狐《きんつの》姉様」

その横で、銀角狐《ぎんつの》も金角狐《きんつの》と同じように右手を握りしめる。

二人は、楽しそうに笑いながら、宿を後にしていった。

◇◇◇

金角狐《きんつの》が宿を後にした後、ザマスはベッドの上で大きなため息を漏らした。

（……目の前で悪事が行われているというザマスのに……私はこのような場所で身動きひとつ出来ないザマスとは……）

目を閉じたまま身動き一つしない。

（……ザマス様）

そんなザマスの脳内に、思念波が届いた。

（……アルネ……例の情報、金髪勇者に伝えたザマスか？）

（……はいアル。間違いなく伝えて来たアル）

（……よろしいザマス。後は手はず通りザマス）

（……了解アル）

そこで、思念波は途切れた。

同時に、床下にあった人の気配も消えていく。

目を閉じたまま、ザマスはゆっくりとベッドに横たわった。

（……ダークネスがこの国で貴族にとりたてられたのは、土木工事で多大な貢献をしたからと聞いているザマス……しかし、よくよく調べてみると、工事の代金として支払われた金の大半がゴッド偽金と言われている偽金だった疑惑が持ち上がっているザマス。

ダークネス一人であれば、偽金造りのノウハウや、土木工事のノウハウなども持っていないはずザマスけど、そういう悪事に長《た》けている闇王と手を組んだのであれば、納得いくザマス。

遅かれ早かれ、ゴッド偽金の件で他国から詰問の使者を送られるザマしょうけど……国王になっていれば、それをうやむやにすることもやぶさかではないザマス……何しろ偽金を支払われている者達の大半は、クライロード魔法国と魔王軍の間に休戦が結ばれたことによって職を失った者達ザマス……その者達の言葉を受けて、国王を詰問するというのは、よほどの証拠がなければ難しいザマス。もし、あの小娘が国王になれば、自国内ということで徹底的に調査し、ダークネスと闇王の悪事を白日の下にさらすことも……）

目を閉じたまま、考えを巡らせるザマス。

建物の周囲は、多くの衛兵によって警備が続けられていた。

◇翌日◇
貴族ダークネスと、亡きカーストリア王の第一王女クルビズとの婚礼の儀式が行われるこの日、カーストリア城周辺は、参列客らの馬車でごった返していた。

そんな渋滞を横目に見ながら、魔王ドクソンの側近であるサキュバスのフフンは街道を歩いていた。

使い魔のハーピー達を多数従え、外交用の豪奢《ごうしゃ》なドレスに身を包み、街道を歩いて行くフフン一行。

「……まったく、渋滞するのは火を見るよりもあきらかでありますのに、何故馬車を使うのでしょうね……人種族というのはこれだから愚かだというのです……」

フフンは、そう言いながら右手の人差し指で伊達《だて》眼鏡をクイッと押し上げた。

歩いているとはいえ、魔法で浮遊しているためかなりの速度で移動しているフフン一行。

(……しかし、魔王ドクソン様の使者とはいえ、このような小国に出向くことになるとは……でもまぁ、この国は、職を失った魔族達を雇用しているとのことですし、友好的な関係を維持すべきでしょう……)

そんな事を考えながら、再度眼鏡をクイッと押し上げるフフン。

カーストリア城に向かって、多くの荷馬車が渋滞している中、あっという間に城門の中へその姿は消えていった。

◇◇◇

カーストリア城内にある礼拝堂が、式場として準備されていた。

式場には、すでに多数の招待客が通されていた。

その招待客を招き入れている入場門では、衛兵達によって入念な手荷物検査が何重にも行われており、また会場及び会場周辺には多数の警備兵が配備されており、警邏を繰り返していた。

「婚礼の儀の準備は、どうなっている、と、あたくし思いまする」

会場を見下ろせる位置にある控え室から、会場の様子を見下ろしていたダークネスは、その顎に右手をあてながら淫猥な笑みをその顔に浮かべていた。

その言葉を受けて、闇王が葉巻をくゆらせながらダークネスの側へ歩み寄っていく。

「そう言われますな、手荷物検査をあれだけ厳重にすれば時間もかかってしまいますわい。まぁ、ここまでくれば式が始まるのを待つばかりだけですからな」

（……まぁ、その手荷物検査にかかる費用、警備にかかる費用、それらすべてに我が闇商会が一枚噛《か》んでおるんじゃがな……なんともぼろい儲《もう》けじゃわい）

ククク と低い声で笑う闇王。

闇王の言葉に、ダークネスは満足そうに頷いた。

「結構結構、と、あたくし思いまする……して、婚礼の儀が終了した後の準備も滞りない、と、あたくし確認いたしますが？」

「……うむ、クルビズ第一王女は、ダークネス殿との婚礼を終えた後、数日のうちに死亡する手はずとなっております。クライロード魔法国から全国指名手配されている金髪勇者に身代金目的で誘拐された後に……というシナリオでね。すでに金髪勇者役を務める魔族達の手配も整っておりますわい」

「ふむ……大罪人である金髪勇者を亡き者としたことで、クライロード魔法国に恩を売ることも出来る、と、あたくし思いまする……まったく、あの国ときたら、せっかく招待してやりましたのに、お祝いのひとつもよこさぬ失礼極まりない態度、と、あたくし思いまする」

「まぁまぁ、金髪勇者を始末したことにして、その報奨金をせしめてやればよろしいではありませんか」

（……ま、その際には、手はずを整えた手数料として報奨金の半分は頂きますがな）

闇王とダークネスは互いに顔を見合わせながら、高笑いをしていた。

◇◇◇

会場入りしたフフンは、貴賓席へ続く廊下を歩いていた。

その周囲を、警護と称した衛兵達が十人がかりで取り囲んでおり、フフンと歩調を合わせるようにして付き従っていた。

長いスカートを引きずるようにして、優雅に歩いていくフフン。

従者のハーピー達は、ダークネスの申し出により控え室で待機しているため、会場へ向かっているのはフフン一人だった。

「……ちょっと失礼いたしますわ」

フフンは、優雅に一礼すると、廊下の途中にあったトイレへ入っていく。

衛兵達もさすがに、女子トイレの中にまで同行することは出来ないため、全員出入り口を固めるようにして、その場で待機する。

横目でその様子を一瞥《いちべつ》し、個室へ入ったフフンは、

「……もう大丈夫ですわ」

右手の人差し指で伊達眼鏡をクイッと押し上げながら、何者かに小声で話しかけた。

それに呼応するかのように、フフンのスカートがもぞもぞと動き始める。

「……よくボディチェックをすり抜けられたな？」

スカートの中から聞こえてくる小声に、フフンは手洗い場の水を派手に流し、外に声が漏れ聞こえないようにした。

「私はサキュバスですわ。ボディチェックに来た者達を魅了《チャーム》し、思いのままに操ることなど、造作もありません」

「それで、スカートの中までは検査されなかったのか……とにかく、助かった。礼を言う」

フフンのスカートの中から這《は》い出して来た金髪勇者が礼を口にした。

その後方からアルンキーツが続いて出てくる。ミニスカートのため、後ろからみると下着が丸見えになっているのだが、そんなことお構いなしとばかりに、トイレの天井を見上げた。

「金髪勇者殿、あの通気口から内部に侵入出来そうであります」

「うむ、わかった。では、我々はここで失礼する」

フフンに向かって一礼すると、天井にある通気口をこじ開け、その中へと消えていく二人。

そんな金髪勇者達の後ろ姿を、フフンは右手の人差し指で伊達眼鏡をクイッと押し上げながら見

送った。

「……貴方《あなた》とともに旅をしたことで、魔王ドクソン様は立ち直ることが出来たのです。そのご恩のほんの一部をお返ししたに過ぎませんわ」

かつて、実兄である魔王ゴウルに対し反乱を起こし、魔王の座を強引に奪い取った魔王ユイガード。

しかし、力を過信し過ぎた魔王ユイガードのもとでは魔族達の反乱・離反が後を絶たず、それに嫌気がさした魔王ユイガードは、魔王の座を投げ捨てて逃げ出してしまった。

ドクソンと名を変えて放浪していた彼は、その途中、金髪勇者と出会い、共に旅をすることになった。

その旅の中で、金髪勇者から様々なことを学び、魔族として、魔王として大きく成長した魔王ドクソンは、現在の名君と言われる魔王の礎を築くことが出来たのであった。

魔王ドクソンはその事に恩義を感じていた。

そしてフフンもまた、魔王ドクソンと同じく、金髪勇者に恩義を感じていたのであった。

手洗い場の水を止めると、フフンはトイレを後にした。

「おまたせしました。さぁ、会場にまいりましょう」

すました顔でそう言うと、何事も無かった様子で廊下を歩く。

その周囲を、衛兵達が再び取り囲み、一行は会場に向かって移動していった。

◇◇◇

婚礼の儀が行われる礼拝堂の中は、招待客ですでに満席の状態だった。

各国の報道の者達も多数招待されており、後日、婚礼の儀の記事を配信するため、その取材活動を行っている。

ざわついていた礼拝堂内にパイプオルガンの音が鳴り響いた。

同時に、礼拝堂内に待機していた楽団が音楽を、聖歌隊が賛美歌をそれぞれ奏で始める。

礼拝堂内が厳かな雰囲気に包まれる中。

まず、夫となるダークネスが礼拝堂内に姿を現した。

カーストリア国の礼装である赤地に黒のラインが入った衣装を身にまとい、同色のマスクを被《かぶ》り、マントをなびかせながら礼拝台の前まで移動していく。

ダークネスが礼拝台の前で立ち止まると、今度は、妻となるクルビズ第一王女が礼拝堂内に姿を現した。

白を基調としたドレスを身にまとうクルビズ。

その美しさに、招待客から感嘆の声が漏れた。

拍手と歓声が降り注ぐ中、クルビズは無表情のまま、ダークネスの横へと進んでいく。

（……感情抑止魔法によって、今のクルビズはただの操り人形、と、あたくし思いまする）

ダークネスは、クルビズの姿に満足そうな笑みを浮かべながら、その姿を足元から頭のてっぺんまで、舐《な》めるように凝視した。

「では、婚礼の儀とやらをはじめるとするか」

「……ん？」

司祭の言葉に、ダークネスは怪訝《けげん》そうな表情を浮かべる。

あまりにもぶっきらぼうなその言葉に違和感を覚えたダークネスは、司祭の顔をまじまじと見つめた。

「……な、何故貴様が、そこにいる、と、あたくし思いまする⁉」

ダークネスが目を見開いて驚く。

その視線の先、

「なんだ？　婚礼の儀の最中なのであろう？　何故そのようにびっくりした顔をしておるのだ？」

そこに立っていたのは、司祭の服を身にまとった金髪勇者だった。

金髪勇者は、その口元に笑みを浮かべながら、ダークネスへ視線を向けていた。

「……ま、この儀式をぶちこわしに来た私にとっては、そんなことはどうでもよいことなのだがな」

不敵な笑みを浮かべながら、金髪勇者はダークネスに歩み寄る。

ダークネスは、傍らのクルビズを背に隠すようにしながら後ずさった。

「衛兵！　すぐにこの者をとりおさえるのである、と、あたくし思いまする！」

ダークネスの声を受けて、会場のあちこちに控えていた衛兵達がダークネスの周囲に殺到する。

そんな喧噪《けんそう》の中でも、クルビズの目は焦点が定まっておらず、虚空を彷徨っており、その顔に表情もなかった。

「……ふむ、感情抑止系の魔法でも使われているか……まぁよい、助け出してしまえばどうとでもなる」

「馬鹿を言うな、と、あたくし思いまする！　この警備の中、どうやって逃げ出すことが出来るのであありましょうか！」

勝ち誇った笑みを浮かべるダークネス。

衛兵達は、ダークネスとクルビズを守るように展開しながら、同時に司祭服姿の金髪勇者を取り囲んでいく。

「ふ……この金髪勇者に戦いを挑むとは、お前達良い度胸だ」

そう言うと金髪勇者は、腰の魔法袋からドリルブルドーザースコップを取り出し、両手で構える。

そんな金髪勇者の元に衛兵達が駆け寄る。

……だが、次の瞬間。

「なぁ!?」

「にぃ!?」

「ぬぉ!?」

衛兵達は、足元に突然出現した落とし穴にはまり、次々に姿を消していく。

「ど、どういうことだ……あんな穴、さっきまでなかったはずなのに……」

衛兵達は困惑した表情を浮かべながら、足元に視線を向ける。

そんな衛兵達の前で、金髪勇者はドリルブルドーザースコップを肩に担いでいた。


解説しよう……

伝説級のアイテムであるドリルブルドーザースコップは、土だろうが岩盤だろうが石畳だろうが、瞬時にして掘り進めることが出来る。

スキル『穴掘り』を所持し、ドリルブルドーザースコップを完璧に使いこなすことが出来る金髪勇者は、自らの足元に無数の落とし穴を掘り上げていたのである。

その時間、わずか〇.一秒。


「さぁ、今度はこっちからいくぞ」

金髪勇者が改めてドリルブルドーザースコップを構える。

その様子を二階席から凝視していた闇王が、周囲の衛兵達を見回し、指示を飛ばした。

「弓だ！　魔法だ！　遠距離攻撃をしかけるのだ！　あの男の能力は落とし穴だけだ！　遠距離攻撃であれば、それを防ぐ手立てはない！」

闇王の言葉を受け、二階席で待機していた衛兵達が、弓を構え、魔法を詠唱しながら金髪勇者に狙いを定めていく。

「ぬぅ、ちょこざいな！」

ひるむこと無く、ドリルブルドーザースコップを構え直す金髪勇者。

その時だった。

「クライロード魔法国の賞金首・金髪勇者よ！　このニート警備会社の手で捕まえてやるザマス！」

突如、二階席にザマスを先頭にしたニート警備会社の衛兵達が殺到した。

「ザマス様、敵はこいつらですか！」

「そうザマス！　一階席に向かって攻撃をしようとしている者達は全員金髪勇者の手の者で間違いないザマス！　一人残らず引っ捕らえるザマス！」

「な、何を馬鹿な事を言っておるか！　貴様、金髪勇者と結託した罪で幽閉されていたはずであろうが！」

殺到してくるニート警備会社の者達を前に、闇王が声を荒らげる。

そんな闇王を、ザマスは冷めた目で見つめていた。

「全国指名手配犯を捕まえるためであれば、そんな事気にしないザマス！」

ザマスがドヤ顔で言い放つ。

「そ、そんな無茶な……」

その言葉に、たじろぐ闇王。

程なくして、二階席はニート警備会社の衛兵達によって完全に占拠された。

「よし、今だアルンキーツ！」

二階席が占拠されたのを確認した金髪勇者が声を上げた。

『了解であります！』

その声に呼応し、礼拝台の後方から魔砲戦車の姿に変化しているアルンキーツが出現した。

『さぁ、ド派手にいくでありますよ！』

魔砲戦車の砲口が火を噴き、魔法弾が射出される。

「馬鹿め、どこを狙っている、と、あたくし思いまする」

ダークネスの言葉通り、アルンキーツの魔法弾は誰もいない、礼拝堂の壁面に激突した。

轟音《ごうおん》と共に、壁が崩れていく。

すると、

「さぁ、待ちかねましたわぁ！」

壁の向こうから礼拝堂の中に、ヴァランタインが駆け込んできた。

手から邪の糸を放出し、衛兵達をグルグル巻きにしていく。

「拙者も、行くでござる」

ヴァランタインの後方から、リリアンジュが疾走する。

両肘から先を刀剣化しているリリアンジュは、衛兵達に刀剣を振るった。

「ぐはっ」

「うぐっ」

「ぬおっ」

衛兵達は、その場に倒れ込んでいく。

「安心するでござる。峰打ちでござる」

リリアンジュは倒れた衛兵達を一瞥すると、次の衛兵に向かってさらに疾走していく。

（……会場の壁をアルンキーツに破壊させ、会場の外で待機しているヴァランタイン達を会場内に引き入れる作戦であったが、どうやら上手くいったようだな）

会場内の様子を確認しながら、満足そうな表情を浮かべている金髪勇者。

「よし、アルンキーツ！　もう二、三発ぶっ放してやれ！」

後方のアルンキーツに向かって金髪勇者が声をかける。

しかし、後方のアルンキーツを確認した金髪勇者は、愕然《がくぜん》とした。

その視線の先では、魔砲戦車の姿から人型に戻ったアルンキーツが、地面の上に倒れ込んでいた。

「は……ははは……も、もう魔力が尽きたであります……」

「ま、魔力が尽きたって、まだ一発しか撃ってないではないか!?」

「ち、ちょっと張り切りすぎて、目一杯の魔力でぶっ放してしまったで……あり……ます……」

顔面から床に倒れ込んでいるアルンキーツは、体をピクピクさせていた。

その周囲に、衛兵達が殺到していく。

「だ、駄目ですぅ！　寄らないでぇ！」

そこに駆け寄ってきたツーヤが、フライパンを振り回しながら衛兵達を威嚇していく。

……しかし、思いっきりへっぴり腰な上に、明らかに涙目になっているツーヤの姿を前にして、

「お、おい……こいつは弱いんじゃないか？」

「あ、あぁ、そうだな……簡単に確保出来そうな……」

衛兵達はどこか安堵《あんど》した表情を浮かべながら、ツーヤごとアルンキーツを取り囲んでいく。

「あ〜……もう、手がかかるアルな」

そんなツーヤの隣に、一人の女が出現した。

白いマスクで素顔を隠しているゴスロリ調のメイド服を身につけているその女は、

「訳あって名前は明かせないアルけど、主の命により助太刀するアル」

そう言うと、すさまじい勢いで蹴りを繰り出した。

「あう!?」

「いぃ!?」

「うぉ!?」

油断していた衛兵達は、その蹴りをもろにくらって次々に倒れ込んでいく。

気がつけば、数で劣っている金髪勇者とニート警備会社の面々が、式場内を完全に制圧している状態だった。

「こ、これはどういうこと!?　と、あたくし思いまする……」

困惑した表情を浮かべながら、周囲を見回しているダークネス。

そこに、二階席から一階席に移動してきたザマスが駆け寄ってくる。

「目標！　金髪勇者ザマス！　途中に何があろうとも、止まることなく突撃するザマス！」

ザマスが右手を金髪勇者に向かって振り下ろす。

その手の先。

ザマスと金髪勇者の、ちょうど中間地点にダークネスがいた。

鞭を振るいながら疾走するザマスを先頭に、その後方を一糸乱れず追走していくニート警備会社の面々。

そんなザマスの前に、四匹のスライムが出現した。

「プルプル……ダークネス様、ここは僕たちにまかせるでっす！」

「プルプル……さっきは遅れを取ったヌらぁ、でも、今度はそうはいかないヌらぁ」

「プルプル……貴様達の快進撃もここ……」

三匹目のスライムが喋《しゃべ》っているところで、

「邪魔ザマス！」

ザマスが鞭を振るい、スライム四人衆を一振りで蹴散らしてしまった。

前方からニート警備会社。

後方に金髪勇者。

さらに会場内で暴れまくっているヴァランタインとリリアンジュ。

「え～い！　まずは金髪勇者を狙え！　ヤツの場所が一番手薄、と、あたくし思いまする！」

ダークネスが絶叫する。

その声に呼応するように、ダークネスの周囲を守っていた衛兵達が金髪勇者に向かって一斉に殺到していく。

「えぇい、ちょこざいな！」

それに対し、金髪勇者はドリルブルドーザースコップを振るい、さらに落とし穴を作りまくっていく。

次々に、落とし穴に落下していく衛兵達だが、あまりにも数が多いため、落とし穴は次々にいっぱいになっていく。

距離が短いため、新たな落とし穴を掘るためのスペースも枯渇してしまう。

「ぬぅ、これはまずいな……」

金髪勇者はドリルブルドーザースコップを横向きに構え、衛兵達の振るう剣を受け止めていく。

「はっはっは、いい気味であります！　さぁ、生かしておく必要はありません！　そのまま押しつぶしてミンチにすればいい、と、あたくし思いまする！」

ダークネスが高笑いしながら、金髪勇者を指さす。

衛兵達に押されている金髪勇者。

ドッゴ〜〜〜ン！


そこに、大型の荷馬車が突っ込んで来た。

『金髪勇者様！　お待たせしたであります。アルンキーツ復活であります！』

その荷馬車から、アルンキーツの声が響いた。

「おぉ！　アルンキーツよ、待っていたぞ！」

自らの横に停止した荷馬車に向かって金髪勇者が歓喜の声をあげる。

アルンキーツの姿が荷馬車から人型に変化していく。

その姿を確認した金髪勇者の目が点になった。

「お、お前……それは、どうしたのだ？」

啞然としている金髪勇者の視線の先で、アルンキーツは両手に串焼きを持っていた。

「ふっふっふ。会場の後方にあった食べ放題を目一杯食べたおかげで、枯渇した魔力を補充することが出来たのであります

すよ！」

そう言うと、アルンキーツは手に持っている串焼きを頰張る。

よく見ると、会場の中央付近で戦っているヴァランタインも、料理を口いっぱいに頰張っていた。

「……あの食い気のせいで、残念系だな……相変わらず……」

啞然とした表情をヴァランタインに向けた金髪勇者は、一度咳払《せきばら》いをすると改めてダークネスへ

向き直った。

「というわけで、改めて行くぞ！」

「ちぃ、こ、ここはクルビズを連れて一時退却する、と、あたくしおも……を？」

そう言いながら、ダークネスはクルビズに手を伸ばす。

しかし……先ほどまでクルビズが立っていた場所に人の姿はなかった。

慌てて振り向くダークネス。

「……お前、そこで何している、と、あたくし思います……」

その視線の先には、クルビズの手を引っ張りながら、こそっとその場を離れようとしているツーヤの姿があった。

「は、はわわぁ!?　気付かれてしまったのですぅ!?」

飛び上がらんばかりに大慌てしたツーヤが、クルビズの手を引いて駆け足でその場から離脱しようとする。

「このクソ女《アマ》ぁ！　何、人質連れて逃げようとしてんだ！　と、あたくし思いますぅ！」

ダークネスは、怒りの表情を浮かべながらツーヤの後を追いかけていく。

「はわわぁ!?」

ツーヤもまた、クルビズの手を引きながら猛ダッシュしていく。

逃げるツーヤ。

追うダークネス。

しかし、元々体力に自信のないツーヤは、あっという間に息が上がってしまい、

「も、も、もう駄目ですぅ……」

ヘロヘロになりながら、その場にへたり込んでしまう。

その後方に、ダークネスが追いついた。

「ふっふっふ、さぁ、観念するのです、と、あたくし思いまするぅ」

ダークネスは勝ち誇った表情を浮かべながら、手にした剣を振り上げる。

ギィン！

その剣を、横から突っ込んで来たリリアンジュが、刀剣状の腕で叩き落とした。

「リリアンジュよ！　よくやった！」

そこに駆け寄った金髪勇者が、両手で握り締めたドリルブルドーザースコップを振るう。


バッカ～ン！


次の瞬間。

金髪勇者がフルスイングしたドリルブルドーザースコップが、ダークネスの顔面にクリーンヒットした。

「あ……あが……あがが……だと、あ、あたくし……思います……る」

膝から崩れ落ち、ダークネスはそのまま床の上に倒れ込んでいく。

お尻だけ突き出した、不格好に倒れ込んだダークネス。

金髪勇者は、そのお尻をドリルブルドーザースコップでツンツンと突《つつ》いた。

しかし、ダークネスは完全に気を失っているらしく、まったく反応しなかった。

「うむ、どうやら成敗出来たようだな」

金髪勇者が満足そうに頷く。

そんな金髪勇者の隣、ツーヤに引っ張られていたクルビズの瞳に輝きが戻っていく。

ツーヤに連れ回されたせいか、魔法が解除されたクルビズは、ハッとしながら金髪勇者へ視線を向けた。

「お、おじさま!?」

大きな声を上げながら金髪勇者へ駆け寄っていくクルビズ。

「うむ、もう大丈夫だ」

笑顔を向ける金髪勇者の胸に抱きつき、クルビズが泣きじゃくる。

その周囲を、ヴァランタイン・リリアンジュ・アルンキーツが囲み、衛兵達を牽制《けんせい》していく。

そんな会場の中央で、

パァン!

ザマスが鞭を床に叩き付けた。

その音で、会場内の人々が全員動きを止めた。

ザマスはそんな会場内を見回す。

「今回の偽金事件の首謀者ダークネスは捕縛したザマス！　抵抗する者は全員捕縛するザマス！」

その声を聞いた衛兵達は、その場で動きを止めた。

「お、おい……偽金事件の首謀者って、本当か……」

「そ、そういえば……ダークネス様って、そんな噂も……」

「闇王とかいうやばそうなヤツと、よく話をしてたみたいだし……」

ザマスの声に、衛兵達は明らかに動揺している。


その光景を、闇王と魔狐姉妹の二人は、二階席の端から見つめていた。

「うむ……どうやらここまでのようだな……おい、すぐに逃げ出すぞ」

「わ、わかったコン」

「裏に脱出用の荷馬車を準備しているココン」

銀角狐《ぎんつの》を先頭に、会場を後にしていく闇王一行。

「……見ておれ、必ずまたこのワシが、世界を牛耳ってやるからな」

会場の様子を忌々しそうに見つめながら、闇王は通路の奥へ消えていった。

この後、カーストリア国内で、闇王一行の姿を見た者はいなかった。

◇◇◇

ザマスの一言で、カーストリア国の衛兵達は、完全に戦意を喪失した。

その機を逃さず、ザマスはニート警備会社の衛兵達を指揮し、ダークネスとその関係者達を一網打尽にしていった。

そんなザマスの隣に、ドレス姿のフフンが立っていた。

「そのダークネスですが、魔王軍で身柄を引き受けましょう」

そう言うと、使い魔のハーピー達を指揮して、ヴァランタインの邪の糸でグルグル巻きにされているダークネスを会場の外へ運び出していく。

貴族ダークネスとして人種族に変化し、偽金造りを行ったり、クルビズと結婚してカーストリア国を乗っ取ろうとしたダークネス。

しかし、その正体が魔族であったため、身柄を魔王ドクソンの元に届けるべく、身柄を引き受けたフフンだった。

「……あ、あの……おじさま……ダークネスは、これでいなくなるのですか?」

ハーピー達に運び出されていくダークネスを見つめながら、クルビズは金髪勇者に尋ねる。

そんなクルビズの頭に、金髪勇者はポンと手を置いた。

「そうだ。お前はもう自由だ」

高笑いしながら、クルビズの頭をポンポンと撫《な》でる。

「じ、自由……」

「あぁ、そうだ。よく頑張ったな」

金髪勇者の言葉に、クルビズはその場で固まった。

その脳裏に今までの出来事が走馬灯のように蘇《よみがえ》り、瞳からボロボロと涙がこぼれ落ちていく。

両手で顔を覆い、その場に崩折れていくクルビズ。

金髪勇者は、そんなクルビズに、自分のマントをかけると、

「泣きたい時は好きなだけ泣けばいい……涙が涸《か》れたら、また立ち上がればいい」

その背を、優しく撫でた。

クルビズは、金髪勇者に背を撫でられながら、その場で泣き続けていた。

◇◇◇

数日後……

カーストリア国にクライロード魔法国から騎士団が送り込まれた。

カーストリア国がゴッド偽金を製造しているとの情報が寄せられ、真偽を確かめるための派遣であった。

騎士団の調査により、カーストリア国内にあったゴッド偽金の製造工場が発見され、製造に関わった者達の調査が徹底的に行われることになった。

調査の結果、ゴッド偽金の製造には、ダークネスと、闇王の一派が関わったことが判明。

工場の運営も、闇王の手の者が行っていたことが分かったため、ゴッド偽金造りで処罰される者はいなかった。

なお、魔王ドクソンのもとに送られた首謀者のダークネスは、魔王城の地下作業場での無賃労働千年の判決が下され、即日実行された。

闇王には、今回のゴッド偽金製造の罪と、カーストリア国乗っ取り計画に加担した罪が加算され、引き続き指名手配されることになった。

なお、元クライロード王という立場にある闇王は、全国指名手配ではなく、クライロード魔法国による特別指名手配という扱いになっている。

◇◇◇

カーストリア城の中。

自室の窓から外を眺めながら、クルビズは、その胸の前で両手を合わせながら街道へ視線をむけ続けていた。

「……あの者をお探しザマスか？」

その横に、ザマスが歩み寄る。

ダークネス捕縛事件の後、いまだに混乱している国内事情が落ち着くまでという約束で、クルビズの護衛を務めているザマス。

そんなザマスの言葉に、クルビズは無言で頷いた。

その仕草を見つめながら、ザマスは言葉を続ける。

「……あの者も罪な男ザマス。せめて一言声をかけてから行けばいいザマスのに……」

「……いえ、いいんです」

ザマスの言葉に、クルビズは大きく首を振った。

「いつかあのお方が再びこの国を訪ねてくださった時に『私の国です』って、胸を張って紹介出来る国に立て直さないと……あのお方に会うのは、それからでいいんです」

もう一度街道を見つめたクルビズは、窓から視線を外し、部屋の扉に向かって歩いていく。

その頬は赤く染まり、瞳からは、涙が一筋こぼれていた。

それでも、その顔には強い決意の表情が浮かんでいた。

◇◇◇

アルンキーツが変化した荷馬車は、カーストリア国の国境付近の街道を進んでいた。

「金髪勇者様ぁ、本当に挨拶とかして行かなくてよかったんですかぁ？」

首をひねりながら、ツーヤは金髪勇者へ言葉をかけた。

金髪勇者は、腕組みしたまま、

「ゴッド偽金を本物の硬貨に交換してもらうという目的は果たしたのだし、この国にいる理由も、もうないからな」

「……そうですかぁ。金髪勇者様がいいのでしたらぁ、それでいいのですぅ」

そう言うと、ツーヤは金髪勇者に寄り添った。

「……金髪勇者様、お疲れ様でしたぁ」

「あぁ、お前もな、ツーヤ。それにヴァランタイン、リリアンジュ、アルンキーツもよくやってくれた」

金髪勇者の言葉に、笑みを浮かべながら頷く一同。

「そういえば……」

リリアンジュが首をひねった。

「金髪勇者殿がゴッド偽金と交換した硬貨でござるが、あれは本当に交換してよかったのでござるか？　城の外に止まっていた荷馬車の中から勝手に持ち出して……」

「うむ、気にするな」

「き、気にするなって言われても……」

「ちゃんとゴッド偽金と等価交換したのだ。問題なかろう」

「い、いや……ですから……ゴッド偽金と……」

「まぁまぁ、金髪勇者様がいいと言っているんだからぁ、いいじゃなぁい」

リリアンジュは首をひねり続けている。

その背を、ヴァランタインが笑いながら叩いた。

「この話はここまでだ。それよりも、次はどこに向かうかな」

荷馬車の窓から外を眺める金髪勇者。

（……待てよ……何か忘れているような気が……）

◇◇◇

とある酒場の厨房《ちゆうぼう》の中。

「ウーハーちゃん、こっちの皿も洗ってくださいな」

「は、はいな、わかりましたぁ！」

酒場の店主から渡された皿を受け取ったガッポリウーハーは、やけくそ気味な声をあげた。

ゴッド偽金事件の際に、酒場に残されていたガッポリウーハー。

（……金髪勇者様ぁ、早く迎えに来てくださいよぉ）

涙目になりながら、ガッポリウーハーは皿を洗っていく。

「ウーハーちゃん、この皿もお願いするね」

「はぁい！　よ、喜んでぇ！」

酒場の中には、今日もガッポリウーハーのやけくそ気味な声が響いていた。

皆を乗せたアルンキーツは、一路国外を目指し、街道を進み続けていたのだった。

◇◇◇

とある酒場。

この日、酒場で夕食を済ませた闇王は、支払いのために金貨の入っている布袋を取り出していた
……のだが……

「な、なんだと……」

中の硬貨を確認し、驚愕《きょうがく》の表情を浮かべた闇王は、額から冷や汗を流した。

「ど、どうしたコン、闇王様？」

異変を察した金角狐《きんつの》が、闇王の耳元で声をかけた。

その横で、銀角狐《ぎんつの》も怪訝そうな表情を浮かべている。

そんな二人の前で、闇王はワナワナと肩を震わせていた。

（……なぜだ……なぜワシの金が、ゴッド偽金になっておるのだ……）

闇王の言葉通り、布袋の中の金貨は、すべてゴッド偽金だった。

（……カーストリア国から持ち出した金は、すべて本物の金だったはずじゃ……それが、なぜゴッド偽金になっておる……ゴッド偽金事件が発覚したせいで、この偽金を使うのは非常に危険じゃというのに……）

ワナワナと体を震わせ続けている闇王。

「……や、闇王様……その金貨って……」

「まさか……ゴッド偽金ココン？」

異変に気付いた金角狐《きんつの》と銀角狐《ぎんつの》も、目を丸くしながら、闇王が手にしている硬貨を見つめていた。

この硬貨……

カーストリア国から脱出するために、闇王達が荷馬車に積み込んでいた硬貨なのだが……その荷馬車を発見した金髪勇者が、中の硬貨を全て自分達が掴まされたゴッド偽金と交換していたのであった。

そんな事とは夢にも思っていない闇王達は、ただただ体を震わせ続けていたのだった。

第四章　……ガリルとベン姉さん……8

◇日《ひ》出国《いずるくに》・一夢《いちむ》庵《あん》◇

夕食を終えたフリオ一行は、一夢庵の大浴場に入っていた。

いつはちからは、

『皆様のお部屋には、それぞれ内湯があるデス。そちらに入られてはいかがデス？』

と、勧められたのだが、

「大きいお風呂に入りたいの！」

「……フォルミナお姉ちゃんがそう言うのなら、僕も大きいお風呂がいいな」

フォルミナとゴーロがそう言ったのをきっかけに、

「そうだね、せっかくだし、俺も大きなお風呂がいいかも」

「そうね、せっかくだし、そうしましょうか」

ガリルやリースもそれに賛同したこともあり、大浴場を利用することになったのであった。


「……ふぅ、たまにはこういったお風呂もいいもんだね」

浴槽の中で足を伸ばしたフリオは、両腕を伸ばしながら大きく息を吐き出していた。

「家のお風呂も最高だけど、たまには気分転換するのも悪くないね」

フリオと並んで湯船に入っているガリルも、気持ちよさそうに手足を伸ばす。

「……あれ？」

その時、何かを感じたフリオが、脱衣所の方へ視線を向けた。

「どうしたの父さん？」

「いや……今、誰かが入ってこようとしていたみたいなんだけど……その気配がいきなり消えたもんだから……」

首をひねりながら、脱衣所へ視線を向けているフリオ。

その時だった。

フリオの視線の先で、脱衣所の扉が豪快に開くと、

「わはぁ！　パパンとガリガリと一緒！　一緒！」

全裸のワインが、満面の笑みで駆け込んで来たのである。

ここは、もちろん男湯である。

「ちょ!?　わ、ワイン姉さん!?　それはまずいって！」

「あはは、ワインは全然まずくない！　まずくない！」

両手で停止するガリル。

しかし、ワインはそれを無視して、湯船に向かってダイブする。

「ちょっと！　ワインお姉ちゃん！」

男湯の中に、今度はエリナーザの声が響き渡った。

体にタオルを巻き付けただけの状態のエリナーザは、男湯に一歩入ったところで右手を伸ばした。

額の宝珠が七色に輝き、同時にワインの体も七色に輝いていく。

次の瞬間。

湯船に飛び込もうとしていたワインの姿が、一瞬にして消えてしまった。

同時に、女風呂の方から、
どっぽ〜ん！

「きゃあ!?　ワイン姉さんが降ってきた!?」

「こ、こらワイン！　湯船に飛び込んではいかん！」

巨大な水しぶきの音に続き、困惑したフリオ家女性陣の声が聞こえてきた。


男湯に侵入しようとしたワイン。

それを察知したエリナーザが、魔法で強制的にワインを女風呂に転移させたのは明らかだった。


「ご、ごめんなさいパパ。ワインお姉ちゃんの暴走に気付くのが遅れちゃって」

エリナーザは深々と頭を下げると、脱衣所へ戻っていく。

（ワインお姉ちゃんのおかげで、パパの裸を見る事が出来た……今日はなんていい日なの……）

エリナーザは女湯に戻りながら、頬を上気させ、その顔に満面の笑みを浮かべていた。

ファザコンをこじらせ、パパのことが大好きすぎるエリナーザであった。

◇同時刻・女風呂◇

「む～……エリエリひどいの、ひどいの」

頭から湯船に突っ込んだせいで、髪の毛までビショビショになっているワインは、湯船の中から鼻から上だけを覗《のぞ》かせており、口からぶくぶくと息を吹き出していた。

「もう、ワインったら……駄目ですよ、男風呂に入っちゃあ」

そんなワインの側《そば》に歩み寄ったリースが、クスクス笑いながらその頭を撫《な》でていく。

「む～……ママン、大好き！　大好き！」

頭を撫でてもらえたことで、あっという間に機嫌が直ったワインは、笑顔でリースに抱きついた。

「はいはい、私も大好きですよ」

リースはそんなワインを笑顔で抱き寄せる。

すると、そんなワインの後方にリルナーザが近寄った。

「あ、あの……わ、私も……その……」

リルナーザもワインのようにリースに甘えようとしているのだが、恥ずかしさのあまり顔を真っ赤にするばかりで、言葉を続けることが出来ずにいる。

すると、そんなリルナーザに気がついたリースは、

「ほら、リルナーザもいらっしゃい」

笑みを浮かべながら、リルナーザも抱き寄せる。

「あ、は、はい……ありがとうございます」

「もう、そんなにかしこまらなくてもいいのですよ」

リースに抱きしめられながら、緊張した面持ちのリルナーザ。

そんなリルナーザに、リースは笑顔で頬を寄せる。

そんなリース達《たち》の様子を、バリロッサが少し離れた場所から見つめていた。

（……そ、そうね……わ、私も母親なんだし、フォルミナとゴーロを、ああやって……）

一度頷《うなず》くと、

「ふぉ、フォルミナ、ゴーロ、私と一緒に……」

笑みを浮かべながら、フォルミナ達の方へ視線を向けるバリロッサ。

しかし、その視線の先では、

「……僕、フォルミナお姉ちゃんと一緒が嬉《うれ》しい」

「あはは、ゴーロは甘えんぼさんだなぁ」

まだ幼いため、女湯に入っているゴーロは、大好きな姉のフォルミナにべったり寄り添っていた。

そんなゴーロを、フォルミナも笑顔で抱き寄せていた。

そんな仲良しな二人の光景を見つめながら、

（……そうか、私では駄目なのか……家のお風呂でも甘えてもらえないものな、うん……）

バリロッサは魂が抜けたような表情を浮かべていた。

そんなバリロッサ達の様子を、リスレイは、

（……母親っていうのも大変なんだなぁ）

体を洗いながら、その顔に苦笑を浮かべていたのだった。

◇◇◇

早朝。ガリルは一人、一夢庵近くの街道を走っていた。


剣術をはじめて以降……

ガリルは朝起きると、まずひとっ走りするのが習慣になっていた。

この日も、同室で寝息をたてていたエリナーザやリスレイ、フォルミナやゴーロ達を起こさないように気をつけつつ、自らに抱きついて眠っていたワインをどうにか引き剝がして、走りに出ていたのであった。


「……気のせいか、昨夜は廊下の方が少し騒がしかった気がしたけど……何かあったのかな……」

昨夜の事を思い出しながら、街道をかなりの速度で走っていくガリル。

夜が明けて間もないため、一帯には霧がたちこめており視界は広くない。

ガリルは、索敵魔法を展開し、周囲に気を配りながら走り続けていた。

「……あれ？」

不意にガリルは、その足を止めた。

自らが展開している索敵魔法に、何かが反応したのである。

ガリルは、足を止めると目を閉じ、索敵魔法を更に展開して周囲を見回していく。

……すると、ガリルの脳内に表示されている索敵魔法が、この先の角を曲がったあたりに何かの反応を示していた。

その反応は、出現したり消滅したりを繰り返している。

「……なんだろう、この反応？」

その不思議な反応に、ガリルは一度首をひねった。

そして、次の瞬間、その口元に笑みを浮かべた。

「……なんだか面白そうだね！　これは確認しに行くしかない！」

そう言うと、ガリルはその反応に向かって駆け出していく。

成長したとはいえ、こういった反応は相変わらずなガリルだった。

◇◇◇

街道の角を曲がったガリルの前方には橋があった。

「……索敵魔法の反応はこの橋の真ん中あたりみたいだけど……」

そう言いながら、ガリルは橋へと踏み込んでいく。

その時だった。

〝そこな小童《こわっぱ》……この橋を通りたくば、刀を置いて行きなさい……〟


霧の中から重低音の声が響いてきた。

その声と同時に、ガリルの眼前に、霧の中から一人の女が姿を現す。

頭に白い頭巾を被《かぶ》り、黒い僧侶の服を着込んでいる長身で細身の女は、手に、巨大な長刀《なぎなた》を持ち、背には大きな籠を背負っていた。

その籠の中には、かなりの数の刀が無造作に突っ込まれている。

ガリルは、女の姿をマジマジと見つめていた。

「……悪いけど俺、刀なんて持ってないけど？」

ガリルの言葉に女は舌打ちすると、

〝……ならば、用はないわ……とっとと引き返しなさい……我を倒せぬ者に、この言条大橋を渡らせるわけにはいかないわ〟

そう言うと、ガリルに背を向け、出現した時と同じように霧の中へ身を隠していく。

そんな女を見つめながら、ガリルは、

「へぇ……お姉さんって、思念体か何かなの？　霧の中に消えることが出来るなんてすごいね」

その目を輝かせながら、感嘆の声をあげた。

その言葉に、その女は足を止め、ゆっくりと振り向く。

その女は白い頭巾の隙間からのぞく目で、ガリルを凝視していく。

〝……あら……我を見ても怖がらないどころか、我を値踏みするかのように見つめるのですか……〟

女は、そんな事を呟《つぶや》きながら、長刀を構えていく。

〝あら……面白い。小童、気に入ったわ。しばし我と斬り合わない？〟

そう言うと、女は、背の籠の中から刀を取りだすと、それをガリルに放り投げた。

……しかし、それを受け取ったガリルは、

「俺はこんなもんいらないって」

そう言うと、刀を女に投げ返し、自らの姿勢を低くした。

その両手が牙狼《がろう》の姿に変化していく。

その姿に、女は驚きの声をあげる。

〝あら!? 小童、貴方《あなた》、西方に住まうという魔族であったの!?〟

「俺はガリル、母さんが牙狼族で、父さんは人種族のすごい人なんだ」

ガリルはそう言うと、両腕を牙狼族の姿に変化させたままニカッと微笑《ほほえ》んだ。

そんなガリルと対峙《たいじ》している女は、

〝我が名はベンネエ。刀狩りのベンネエとは我のこと〟

そう言いながら、長刀を小脇にかかえ、右手を前に突き出すと、大仰なポーズを決めた。

（……このベンネエさんって、肉体はこの世に存在していないみたいだな……ダマリナッセさんみ

たいな、思念体ってことか……それにしても、すごい迫力だな）
構えるベンネエを見つめながら、ガリルも自らに気合いを入れる。
「じゃあ、行きますよ！」
ガリルが地面を蹴り、ベンネエとの距離を詰めていく。
〝いざ！〟
ベンネエもまた、長刀を振り回しながらガリルに向かって突進していく。
ギィン！

言条大橋の中程で、ガリルの爪と、ベンネエの長刀が激しく交差した。

〝うぬ!?　なかなかやるわね、小童〟

「お姉さんもね」

お互いに一度距離を取り、視線をかわす二人。

一度打ち合っただけで、互いが互いの力量を認め合ったのだろう。

二人の顔には、楽しそうな笑みが浮かんでいた。

「大会が中止になって残念だったけど、こんなところでこんな猛者とやり合うことが出来るなんて、すっごく嬉しい」

〝我もよ、ここを通りかかる手練《てだ》れに勝負を挑み続けて数百年、小童のような手練れと打ち合えた

のは、はじめてよ〞

後方に足を伸ばし、ガリルは更に身を低くする。

長刀を後方に引き絞り、ベンネエはガリルを凝視した。

「……っは！」

駆け出すガリル。

〝ぬぅ！〞

長刀を振るうベンネエ。

二人が同時に動き出す。

長刀を横薙《よこな》ぎに振るい、ガリルを狙うベンネエ。

小さくジャンプしたガリルは、長刀の上に足をのせると、そのまま長刀の上を駆けた。

〝う、ぬぅ!?〞

ベンネエが慌てて長刀を引き戻す。

しかし、一瞬早く長刀の上を駆け抜けたガリルの両腕が、ベンネエの首筋に押し当てられた。

……時間にして一秒未満。

〝……ここで勝負を挑み続けて……はじめてね……〞

ベンネエは長刀を足元に置くと、その場で片膝を突く。

ガリルに向かって頭を下げ、

〝参りました〞

そう言った。

その言葉を受けて、ガリルは牙狼化している両腕を元に戻した。

「ありがとう。すっごく楽しかった」

ガリルはその顔に、爽やかな笑みを浮かべたのだった。

◇一夢庵・大広間◇

日が昇り、再び大広間に集まったフリオ一行。

昨夜、夕食を食べたのと同じ部屋で、一行は朝食を食べていた。

「ふあぁ……おあよぉ……おあよぉ」

「もう、ワインお姉ちゃんってば、しっかりしてよ」

まだ眠いのか、目が開いていないワインは、隣に座っているエリナーザにもたれかかっていた。

エリナーザは、そんなワインに目覚まし魔法をかけている。

しかし、ワインは一向に目を覚ます気配がなかった。

「朝ご飯も美味《おい》しいです。でも……」

卵焼きをおかずに、ご飯を頬張ったリルナーザは、その視線をリースへ向けた。

「私は、やっぱりママのご飯の方が好きです」

頬を赤くしながらにっこり微笑むリルナーザ。

「あら、ありがとうリルナーザ」

そんなリルナーザに、リースはにっこり笑みを返す。

一同の横には、昨夜同様、いつはちが控えており、皆のご飯が空になりそうな頃合いを見計らっておひつを片手に歩み寄っていく。

「さぁさぁ、まだまだお代わりありますデス。皆様いっぱい食べてくださいデス」

いつはちは笑顔でご飯をよそって回る。


リースの隣でご飯を口に運んでいたフリオは、視線をガリルに向けた。

「そういえば、朝から走りに行っていたようだけど、どうだった？」

「あ、うん。朝からすっごく楽しかったよ」

フリオの言葉に、ガリルはニカッと笑みを浮かべる。

その言葉を聞いたいつはちが、ガリルの眼前へ、正座をしたまま高速で畳の上を移動していく。

「ガリル様、走りに行くのはお止めしないデスが、この先にあります言条大橋の方へは行かれませぬよう、お気を付けくださいデス」

「え？　何かまずいんですか？」

「まずいといいますか……あそこには少々めんどくさい物ノ怪《ものけ》がおりまして……」

「物ノ怪？」

いつはちの言葉に、エリナーザが口を挟んだ。

その言葉に、いつはちは少し考え込むと、

「……そうですね、秘密にしておく必要もないデスね……クライロード魔法国にお住まいの皆様には『思念体』と申しあげた方がご理解頂けるのではないかと思うのデスけど……あの橋には、遥《はる》か昔から……そんな存在が、取り憑《つ》いているのデス」

いつはちはわざと、おどろおどろしい口調で語る。

「思念体って……ダマリナッセおばちゃんの事？」

いつはちの言葉に、フォルミナが首をひねる。

「こ、こらフォルミナ！　駄目だぞ、おばちゃんと言っては！」

そんなフォルミナの言葉を慌てて訂正するバリロッサ。

その様子に、

「ぷふっ……た、確かに間違いではないけど、ちょっと失礼かもね」

口元を押さえながら、リスレイがクスクス笑った。

そんな一同の様子を見回したいつはちは、

「こほん……」

一度咳払《せきばら》いをすると、改めて視線をガリルへ向ける。

「なんでも、その物ノ怪は、生前は僧侶だったとも、西方から流れてきた傭兵《ようへい》だったとも言われているのデスが……最初の頃は、悪党を懲らしめ、その刀を奪っていた善き者だったそうなのデス……。しかし、いつしか手練れとみるや戦いを挑み、勝って刀を奪うことにのみ執着してしまい……その肉体が消滅した後、その魂が物ノ怪、思念体となって、あの橋に今も取り憑いていて、今も手練れがやってくると見境なく勝負を挑むと言われているのデス」

〝失礼なことを言うでない……我は見境なく勝負を挑むような事などしておりません。必ず、事前に戦うか否か問うております〟

「……はい？」

いきなり聞こえてきた声に、いつはちが目を丸くする。

「な、なんデスか、今の声は……昨夜は、そのような声のお方はいらっしゃらなかったはずデス」

いつはちが慌てた様子で周囲を見回した。

すると……ガリルの後方に霧が発生しはじめた。

その霧がある程度濃くなったところで、その中から白頭巾に、黒い僧侶服姿の女が出現した。

その女こそ、朝、ガリルと戦い、破れたベンネエであった。

その姿を見たいつはちは、目を丸くしながら飛び退《すさ》る。

「あああ、貴女《あなた》は……ままま、まさか……言条大橋の物ノ怪デスか!?　ななな、なんでこんな所にいるのデス!?」

着物の中に手を突っ込むと、数枚の札を取り出すいつはち。

「物ノ怪退散の札！　くらうデス！」

立ち上がり、その札をベンネエに向かって投げつける。

同時に、右手で印を結び詠唱していく。

いつはちの詠唱に呼応して、札が輝き、ベンネエに向かって飛翔《ひしょう》する。

しかし……

〝待ちなさい。早合点しないでくださいい……もっとも、このような惰弱な札では、我にかすり傷を与えることすら出来ませんよ〟

ベンネエはその札を片手で、あっさりと叩《たた》き落としてしまった。

「ははは、早合点しないで、って……どういう意味デス？」

〝我がここにいるのは、主《あるじ》と決めた御方《おんかた》に付き従っているからにほかなりません。姿を現したのは、貴殿が我の事を誤解した発言をしていたので、それを訂正するためであって、貴殿達に危害を加える意図など、もうとうございません〟

顔を左右に振りながら、やれやれとばかりにベンネエは両手を左右に広げた。

その言葉に、いつはちは更に目を丸くする。

「は？……主、デスって？」

その言葉に、ベンネエは大きく頷いた。

〝うむ……主殿だ。先ほど、言条大橋にて、このガリル殿と我は一戦交えさせていただいたのでございますが……このベンネエ、はじめて完敗いたしした次第でございます。このベンネエが、あそこまで手も足も出せぬとは……むしろ痛快の極みでありましたわ〟

そう言うと、口元を押さえながら楽しそうに笑い声をあげる。

そんなベンネエに、ガリルは苦笑し、

「ベン姉さん、謙遜しないでくださいよ。勝負は一瞬だったけど、結果は紙一重だったと思いますよ。実際、ベン姉さんって、すっごく強かったから、俺もすっごく楽しかったです」

ベンネエの事を、親しみを込めてベン姉さんと呼びながら、ニカッと笑みを浮かべるガリル。

そんなガリルに、ベンネエも嬉しそうに笑みを浮かべる。

〝いやいや、勝負にたまたまはありません。全て日頃の修練があり、その積み重ねの帰結こそが結果につながるもの……あの負けは、必然の負けでございます〟

先ほど戦い、互いの力量を認め合った二人は、互いに笑みを浮かべながら笑い合う。

その和やかなムードに、フリオをはじめとした一同も思わず笑顔になった。

「……ろ、狼藉《ろうぜき》を働きにきたわけではない……」

刀に手をかけていたムラサメも、笑いあっている二人の様子を確認すると、その手を刀から離した。

そこで、無意識のうちに顔を見合わせるいつはちとムラサメ。

「……いや、ちょっと待ってほしいデス」

「……ガリル君……貴殿、そのベンネエに勝ったのでござるか!?」

目を丸くしながら、ガリルとベンネエのもとににじり寄っていく二人。

そんな二人の前で、ガリルはニカッと笑みを浮かべた。

「今日は俺がたまたま勝てたけどさ、勝ち負けよりも、楽しい試合が出来た事が嬉しかったんだ」

〝いえいえ、我の完敗でございました。さすがは我が主殿と認めたお方でございます〟

そんな会話を交わしながら、ガリルとベンネエは再び笑い合う。

そんな二人を見つめながら、いつはちは啞然《あぜん》とした表情を浮かべ続けていた。

（……ご、言条大橋の……刀狩りのベンネエっていえば……日出国の剣闘大会で優勝した手練れの者が今までに百人以上挑んだというのに、誰一人として勝てなかったばかりか、一人として手も足も出なかったといわれている化け物なのデスよ……そんな物ノ怪を相手に、一人で完勝したっていうのデスか……）

ただただ啞然としながら、いつはちはガリルとベンネエを見つめている。

その隣で、ムラサメも同じ事を考えているらしく、口を開けたまま二人へ視線を向けていた。

そんな二人の前で、ガリルとベンネエは、楽しそうに笑い合っていた。

◇◇◇

「どうもお世話になりました」

一夢庵の出口でフリオが頭を下げる。

「「「お世話になりました」」」

フリオに続いて、フリオ一家の面々も挨拶をしながら頭を下げる。

それを受けて、見送りにでていた一夢庵の従業員達も、

「またのお越しをお待ちしております」

深々と頭を下げた。

従業員達に見送られながら、一夢庵を後にしていくフリオ一行。

ガリルの背後には、ベンネエの姿があった。

ベンネエは、当然とばかりにガリルの後に付き従っている。

「……そういえば、ベンネエさんは、ガリルについてくるんですか？」

〝はい。元々我は自らの主君にふさわしい御仁を探して、刀の勝負を挑んでいたのでございます。この度、ガリル殿に完敗し、この方こそ我が主殿にふさわしいと認めた次第でございますれば、使い魔として付き従わせて頂く所存でございます〟

フリオの言葉に、深々と一礼するベンネエ。

「そうですね……勝負で完敗して、ガリルを主と認めたのであれば、それは仕方ありませんね」

ベンネエの言葉に、ウンウンと頷くリース。


力を尊ぶ魔族であるリース。

それだけに、ベンネエに思いっきり共感していたのであった。

〝とりあえず、普段は霧の中で控えておりますので、皆様の邪魔にはなりませぬゆえ、そこはご容赦頂きたく……〟

そう言うと、ベンネエは自らの周囲に霧を発生させる。

その姿が、あっという間に霧に包まれて、その霧が消えると、ベンネエの姿も消え去っていた。

（……そうか……また住人が増えるのか……でもまぁ、部屋を準備する必要はなさそうだし……ま、いいか……）

その光景を見つめながら、フリオは思わず苦笑する。

その脳裏には、先日ブロッサム農園に移住してきたウーラの村の面々の姿が浮かんでいた。

街道に出て、川沿いの道を進んでいく一行。

「本当なら、今日はこれから剣闘大会に参加するガリルの応援に行くはずだったんだけど……神獣騒動のせいで中止になっちゃって、すっかり時間が空いちゃったね」

周囲の様子を見回しながら、エリナーザが小さくため息をつく。

「そ、そのことでござるが……」

慌てた様子で、一同の前に移動するムラサメ。

今回、剣闘大会へガリルを参加させることを提案したムラサメだけに、大会が中止になったことを非常に気にしていたのであった。

「昨夜、いつはち殿とも相談したのでござるが、皆様さえよろしければ、観光を兼ねて商店街を回ってみるのはいかがでござろうか」

「商店街ですか？」

ムラサメの言葉に、フリオは思わず表情を明るくする。

「そうですね、日出国の商店でどのような品物が売買されているのか非常に興味がありましたので、ぜひお願いしたいです。みんなはどうかな？」

後方を振り向くフリオ。

「もちろん、旦那様の決定に異論を挟むものなどおりませんわ。それに私も、日出国の着物に使われている布地を購入出来たらと思っておりますので」

リースがにっこり微笑みながら頷く。

すると、ムラサメのもとにワインが駆け寄った。

「美味しい物も、ある？　ある？」

「あ、はい、もちろん日出国の銘菓を販売しているお店も多数ございますので」

「わ〜い！　行くの！　行くの！」

ムラサメの言葉に、嬉しそうに飛び跳ねるワイン。

（……いや、あの……ワイン殿は、つい先ほど、朝ご飯として丼飯を二十杯食べたばかりだったはずでござるが……もう食べる事が出来るのでござるか……）

ワインの様子にムラサメは啞然とした表情を浮かべている。

「みんなにお土産も買いたいし、ちょうどいいかもね」

リスレイも笑顔で頷く。

「私は、武具を見てみたいな。和の国の刀剣に、少々興味がありますので」

ムラサメが腰につけている刀を見つめながら、バリロッサも頷く。

ワイワイと会話をしているフリオ一家。

その様子を見つめながら、ムラサメは安堵《あんど》の表情を浮かべていた。

(……よかったでござる、どうやら喜んでもらえそうでござる)

「では、このまま商店街へご案内するでござる」

◇同時刻・一夢庵の裏◇

昨夜、フリオ一行が宿泊した一夢庵の裏。

腕組みしたいつはちが、怒りの表情を浮かべていた。

そんないつはちの前には、数十人の男女が正座して頭を下げていた。

その者達は、昨夜、フリオの事を勧誘しようとした貴族の使者達であった。

「……貴殿達には失望したデス。フリオ様に接触しないというのは、日出国外交部の決定デスと通達したはずデス……にもかかわらず!」

いつはちは手に持っている竹刀で、地面を思いっきり叩く。

その音に、正座している一同は、一斉に体をびくつかせた。

そんな一同を見回しながら、いつはちはその表情をさらに険しくしていく。

「フリオ様に、お風呂で接触を試みた不届き者が二十一人! 夜這《よば》いを仕掛けようとした者達が三十八人……一体何を考えているのデス!」

再び竹刀で地面を叩き付けるいつはち。

「とにかく、皆様フリオ様がお帰りになられるまで、ここで反省していただくデス！　わかりましたデスか！」

「「「申し訳ありませんでしたぁ！」」」

いつはちの言葉に、一同は一斉に謝罪の言葉を口にしていく。


昨夜、大浴場で、ワインが入ってくる前にフリオが感じた違和感や、寝ている時にガリルが気付いた廊下の喧噪《けんそう》は、すべてフリオと接触しようとした貴族の使者達を、いつはちが取り押さえていた時の気配なのであった。

（……我が主君のために、どうにかしてフリオ殿を籠絡したかったのですが）

（……やはり、忍者スキルを持ついつはち殿を出し抜くことは出来なかったか）

（……今からでも、何か手はないものか……）

正座し、頭を下げながら、そんな事を考えている一同。

いつはちは、そんな一同を見回しながら、竹刀を握り締めていた。

◇関所近くにある商店街◇

ムラサメの案内で、関所近くにある商店街へ移動したフリオ一行。

「ここは日出国の中でも有数の店舗数を誇る商店街でござる。個々でしか販売していない商品も多数ございますゆえ、見て回るだけでも楽しめること請け合いでござる。食品には試食もござるゆえ、味を確認することも……」

「試食!?」

ムラサメの言葉に、敏感に反応したワインが、満面の笑みを浮かべていく。

ワインははじかれたように、商店街の中へ駆け込んでいく。

「ちょ、ちょょっとワインお姉ちゃん! 試食だからって、全部食べちゃだめなんだからね!」

そんなワインの後を、エリナーザが慌てて追いかけていく。

「フォルミナも行くの! 試食!」

その後を、フォルミナも追いかけていく。

「……フォルミナお姉ちゃんがいくのなら、僕も……」

更にその後にゴーロが、続いていく。

ゴーロに気付いたフォルミナは、ゴーロの手をしっかりと握ると、

「いい? 離しちゃダメだよ、迷子になっちゃうからね、いい?」

笑顔でゴーロに言い聞かせていく。

「……うん、わかった」

フォルミナの言葉に、ゴーロは笑顔で頷いた。

「フォルミナってば、お姉ちゃんしててえらいな。ゴーロもフォルミナお姉ちゃんの言うことを聞いて、えらいよ」

そんな二人に歩み寄ったガリルは、二人の頭をワシワシと撫でた。

「えへへ、嬉しいな。ガリルお兄ちゃんに褒められた」

「……うん、僕も嬉しい」

フォルミナとゴーロは頭を撫でられながら、嬉しそうに笑みを浮かべている。

そんなガリルを、横から見つめているリスレイ。

「ガリちゃんも、すっごくお兄ちゃんしてるね」

「そうかな？　別に普通の事をしていただけなんだけど」

リスレイの言葉に、ガリルは照れくさそうに笑みを浮かべる。

そんなガリルの元に、リルナーザが駆け寄っていく。

「ガリルお兄ちゃん、私も一緒に行きます」

「そうだね、一緒に行こうか」

ガリルがリルナーザに手を伸ばすと、リルナーザは笑顔でその手を摑《つか》む。

ガリルを中心にして、リルナーザ・フォルミナ・ゴーロ、それにリスレイが一塊になって進んでいく。

そんな子供達の様子を見つめながら、フリオはその顔に笑みを浮かべていた。

（……ガリルも、いつの間にか成長したんだな……って、それもそうか、エリーさんと仲良くなっているんだし）

そんな事を考えているフリオの隣に、リースがそっと寄り添った。

「ガリルも、いつの間にかしっかりしていたのですね」

自分と同じ事を、妻のリースが考えていたことで、思わず笑みを浮かべるフリオ。

「そうだね……本当にしっかり者のお兄ちゃんだね」

フリオの言葉に、リースも笑顔で頷く。

程なくして、フリオ家の一同は商店街の中へと入っていった。

◇◇◇

とあるお店の前で、エリナーザが腕組みをしていた。

「あの……エリナーザお姉ちゃん、どうかしたのですか？」

「リルナーザ、ちょっとこれを見てくれる？」

エリナーザは、店先に並んでいるお菓子を指さす。

そこには、ひよこの形をしたまんじゅうが置かれていた。

そのまんじゅうの横には「ピヨっこまんじゅう」と書かれた札が置かれていた。

「えっと……このピヨっこまんじゅうがどうかしたのですか？」

「……問題は、その隣なのよ」

エリナーザに言われて、リルナーザはピヨっこまんじゅうの隣へ視線を向ける。

そこには、ピヨっこまんじゅうとそっくりなまんじゅうが置かれていた。

それは、どうみても、隣に置かれているピヨっこまんじゅうと同じ形をしていた。

「こっちにあるのもピヨっこまんじゅうですよね?」

怪訝《けげん》そうな表情を浮かべながら首をひねるリルナーザ。

その言葉に、エリナーザはため息を漏らした。

「……そっちはね……ピヨっこまんじゅうじゃないのよ……」

「え?」

エリナーザの言葉に、リルナーザは目を丸くする。

改めて、まんじゅうへ目を向けると、こっちのまんじゅうの下には「ライジュウ鳥の赤ちゃんまんじゅう」と書かれていた。

「え?……か、形はそっくりなのに……名前が違うのですか?」

「……しかもね、それだけじゃないのよ」

そう言いながらエリナーザは、更に隣を指さしていく。

そこには、ピヨっこまんじゅうと、ライジュウ鳥の赤ちゃんまんじゅうとそっくりな形をしているまんじゅうがずらっと並んでいた。

「……えっと、これも、ピヨっこまんじゅうとそっくりですけど……」

そのまんじゅうの下へ目を向けるリルナーザ。

そこには「地獄鳥の赤ちゃんまんじゅう」と書かれていた。

更に、その隣には、

「本家ピヨっ子まんじゅう」

「ぴよぴよまんじゅう」

「火山怪鳥《モンスターバード》の赤ちゃんまんじゅう」

……と……いずれも形はそっくりなのに、異なった名前のまんじゅうがずらっと並んでいたのであった。

「箱のパッケージも微妙に違っていますね……」

「……試食をしてみたけど、味はどれも一緒なのよね……」

「え？　そ、そうなのですか？」

エリナーザとリルナーザはひよこの形をしたまんじゅうを見回しながら、困惑した表情を浮かべている。

そんな二人の様子を、少し離れた場所から見つめていたムラサメは、

（……お二人とも……そ、それは大人の事情っていう奴《やつ》でございますので……どうか深く突っ込んで頂きたくないのでございます……）

内心でそんな事を考えながら、二人がその場から移動することを願っていた。

そんな二人から少し離れた店の中にリスレイの姿があった。

「……これ、なんだろう？」

店の壁に掛けられているキーホルダーを見つめながら首をひねっているリスレイ。

そこに、店員の女性が歩み寄ってきた。

「それはですね、この日出国の各地を治めている貴族のカモン付きキーホルダーです」

「カモン?」

「そうです。お客さんは西方からのお客様みたいですけど、国旗みたいなものといえばわかりやすいでしょうか」

「なるほどね……それじゃあ、この日出国には、こんなにたくさんの貴族がいるってことなんだ」

リスレイはキーホルダーをジッと見つめていた。

(……そういえば、レプターってキーホルダー集めてたよね……これを買って帰ったら喜んでくれるかな……)

そんな事を考えながら、リスレイはキーホルダーのカモンを眺めていく。

程なくして、

「……そうね、この華の模様のカモンが良いわね」

気に入ったキーホルダーを手に取ると、レジに向かっていった。

「これください」

「はい、ありがとうございます……って、お客様、これ、同じ物が二つですけど、よろしいのですか?」

「は、はい、それで間違っていませんから。早く包んでください!」

リスレイはあたふたしながら、店員に言葉をかける。

（……お、同じキーホルダーをつけるって……やっぱ恥ずかしいかなぁ……）

お金を支払いながら、そんな事を考えていた。


「……う〜ん……」

土産物屋の前で、ガリルは腕組みをしていた。

「あら、どうかしたのガリル？」

そこに、フリオと一緒に歩いていたリースが通りかかった。

「あ、母さん……」

苦笑しているガリルの手には、一枚の紙が握られていた。

その紙には、人の名前がずらっと明記されている。

「ガリル、その紙に書かれている名前は何なのかしら？」

「これさ、剣闘部で練習している時に応援してくれたり、差し入れをくれたりしている人達なんだけどさ……何かお土産を買って帰ってあげようと思っていたんだけど……意外と高くつくなぁ、って思ってさ」

苦笑しているガリル。

そんなガリルのもとに歩み寄ったリースは、

「そうね……お土産を買って帰るのもいいけれど、手作りするのもいいんじゃないかしら？」

「手作り？」

「そうよ。日出国《ここ》で材料を購入して、それを使って家でお菓子を手作りして、それをみんなに配ったらどうかしら？　そうすれば、結構節約出来ると思うわよ」

「なるほど……その手があったか」

ガリルはリースの言葉に、納得したように頷いた。

「ありがとう母さん。フォルミナ達の買い物が済んだら、材料を探してみるよ」

笑みを浮かべながら頭を下げる。

その前方では、笑顔で商品を見回しているフォルミナとゴーロの姿があった。

楽しそうに商品を見て回っている二人を、自分の買い物をしながら、少し離れた場所から見守っていた。

（……僕も、索敵魔法を展開してみんなの様子を確認しているけど、ガリルやエリナーザがみんなの事を気にしてくれているから、安心して見て回ることが出来るな）

ガリル達の後ろ姿を見つめながら、その顔に笑みを浮かべるフリオ。

そんなフリオの腕を、リースが摑んだ。

「旦那様！　あそこ見たいですわ！」

前方の店を指さしたリースが、早足で駆け出した。

その店には、ところせましと反物が並べられていた。

色とりどりの反物を前にして、リースは目を輝かせる。

「インドル国の素材も素敵ですけど、日出国の反物も素敵ですわね。これを使って服を作るのが、今から楽しみで仕方ありませんわ」

反物の店に到着したリースは、早速それらを物色しはじめた。

そんなリースの様子を、フリオは笑顔で見つめていた。

（リースは、服の素材には目がないんだよな。子供達の衣服を手作りしはじめた頃からはまっちゃって……今では、フリース雑貨店で販売している衣類のデザインまで手がけてくれているし……）

フリオの言葉の通り……

リースは、子供達の衣服を手作りしていたのがきっかけで、衣服のデザイン・製作にはまってしまい、今ではフリース雑貨店で販売している衣類のデザインも一手に引き受けていたのであった。

「あ～……これも素敵……この反物と、あの素材を組み合わせると面白いかも……」

リースは店員を前にして、複数の反物を見比べながら吟味を繰り返している。

そんなリースの様子を、

（……ただ、リースってばすっごい凝り性だから……選ぶのに時間がかかるんだよな……）

フリオは苦笑しながら見つめる。

（……でも、真剣に選んでいるリースの姿も素敵だし、そんなリースの姿を見ることが出来るのも嬉しいし……よしとするか）

そんな事を考えながら、自らも反物を見て回り始めた。

（……さて、僕の出番は、最後の支払いの時か……）

反物を見て回りながら、フリオはそんな事を考えていた。

元いた世界で商人をしていたため、値引き交渉もお手の物な、フリオなのであった。

反物を見て回りながら、静かに気合いを入れているフリオ。

そんなフリオの後ろ姿を、反物屋の店主は横目で見つめながら、

（……この旦那……かなり出来ますな……）

思わず唾を飲み込んでいたのだった。

◇◇◇

商店街での買い物を終えたフリオ一行は、商店街でお昼まで済ませてから関所へ移動していった。

「あの反物屋、とっても素敵でしたね。それに、すっごくお安くしてもらえたし」

リースは上機嫌な様子で、鼻歌まで歌っている。

（リースが喜んでくれてよかったけど……値引き交渉頑張り過ぎちゃったかな……あの店主のおじさん、最後涙目になっていたような……）

リースの笑顔を見つめながら、反物屋での出来事を思い出し、フリオは思わず苦笑した。

「わはぁ、美味しかったの！　美味しかったの！」

満足そうにお腹《なか》をポンポンと叩きながら、ご機嫌な様子のワイン。

そんなワインの様子に、エリナーザとリルナーザは思わず苦笑する。

「ワインお姉ちゃんって、あれだけ試食を食べまくって、さらにお昼もワンコソバってやつを百杯以上食べて……」

「その後、また試食を食べまくって、お土産もいっぱい買って……すごい食欲ですね」

「あはは、まだまだ食べられるの！　食べられるの！」

そう言うが早いか、先ほど購入したばかりのおまんじゅうを開封すると、それを口に放り込む。

「えっと……もう食べるんですか？」

「うん！　美味しいの！　リルリルも食べる？　食べる？」

「あ、あの……私はもうお腹いっぱいで……」

笑顔で差し出されたおまんじゅうを前にして、リルナーザは苦笑しながら首を左右に振った。

そんな会話を交わしながら、フリオ達はいつはちに案内されて、ブラックヘボールの元へ移動していく。

ブラックヘボールは、食事の世話だけでなく、体まで洗ってもらっていたらしく、来た時よりも、その鱗《うろこ》が見るからに輝きを増していた。

「色々気を使っていただいて、本当にありがとうございます」

そう言って頭をさげるフリオ。

その後方では、ブラックへボールもフリオ同様にその頭を下げていた。

「いえいえ、魔獣に騎乗してお見えになられた方皆様にさせていただいている事デスので、お気になさらないでほしいデス」

いつはちは、笑みを浮かべながら顔を左右に振った。

その後方には、ブラックへボールの世話をしていたらしい、黒装束の作業員達が整列しており、フリオ達に向かって一礼する。

そんな一同に見送られながら、フリオは右手を伸ばす。

詠唱すると、その手の先に魔法陣が展開し、その前方に、来た時に使用した荷馬車が出現した。

その荷馬車に乗りこんでいくフリオ一行。

フリオは皆が乗り込んだのを確認すると、見送りのために立っているいつはちへ視線を向ける。

「色々とお世話になりました。では、定期魔導船の準備が出来ましたら、また改めてお邪魔させていただきますね」

「はいデス。お待ちしているデス」

フリオの言葉に、いつはちは笑顔で頷いた。

挨拶を終え、フリオが荷馬車に乗り込んだのを確認すると、ブラックへボールは宙に舞い上がる。

荷馬車を足で摑み、大きく羽を羽ばたかせると、一気に上空へ舞い上がっていく。

すさまじい速度で上昇していくブラックへボール。

その姿はあっという間に雲間へ消えていった。

◇半日後・ホウタウの街ホウタウ魔法学校前◇

来た時と同じように、半日足らずでブラックへボールは、ホウタウ魔法学校前に到着していた。

「楽しかったね、日出国って」

ガリルは、後頭部に腕を回しながら、楽しそうに笑みを浮かべていた。

そんなガリルに、ムラサメは、

「そう言ってもらえると、私もうれしいでござる。ただ、この度は、本当に色々と申し訳なく……」

謝罪の言葉を口にしながら、改めて頭を下げる。

自らが誘った剣闘大会が中止になったことを、いまだに気にしていたのである。

しかし、ガリルはそんなムラサメの言葉を笑顔でとめた。

「あれは不可抗力じゃないですか。ムラサメ先生の責任じゃないんですから気にしないでください。それよりも、また大会があったら誘ってくださいね」

〝主殿なら、そのような大会に参加する価値はございません。あの大会の上位入賞者で、我の相手になった者など一人もおりませんでしたから〟

「へぇ、そうなんだ……」

その言葉に返事をしたガリルだが……

「……あれ？　今の誰？」

聞き慣れない声を耳にしたガリルは思わず動きをとめ、周囲を見回していく。

すると、ガリルの後方に霧が発生し、その中からベンネエが姿を現した。

その姿を確認したガリルは、びっくりした表情を浮かべ、

「ベン姉さん!?　え？　あれ？　本当について来ちゃったんですか!?」

思わず声をあげた。

そんなガリルに、ベンネエは、

〝言ったではありませぬか、我は貴殿のことを生涯仕える主君に決めもうしたと。と、いうわけで、末永くよろしくお頼みいたしますぞ〟

ガリルに向かって片膝をつき、ベンネエは恭しく一礼する。

女性ながらもガリルより背が高いベンネエ。

そんなベンネエに一礼されているガリルの姿は、必然的に目立ってしまう。

そんなガリルとベンネエの様子を、少し離れた建物の陰から見つめているサリーナの姿があった。

自宅の窓から、ブラックへボールが飛行してくるのを見つけたサリーナは、

「ガリル様がお帰りになったリン！」

歓喜の声をあげながら駆けつけてきたのだが……そこで、ベンネエに一礼されているガリルの姿に出くわしていた。

（……誰リン、あの女……）

その目を丸くしながら、表情を強《こわ》ばらせているサリーナだった。

◇ホウタウの街・フリオ宅◇

ブラックヘボールをホウタウ魔法学校の魔獣飼育場へ連れていったフリオ一行は、フリオの転移魔法で自宅へと戻っていた。

ガリルは、リースとエリナーザと一緒に早速台所へ移動していた。

みんなに配るお菓子を作製するためである。

ガリルは日出国で購入したお菓子の材料を台所に並べると、

「よし、じゃあやるか」

気合いを入れながら、材料を手に取る。


「そうそう……そうやってそのハクリキ粉っていうのに水を混ぜてこねるのよ」

リースは、ガリルが買ってきた材料についていた、

『美味しいお団子の作り方』

と書かれているレシピの紙を見つめながら指示を出していく。

フリオと結婚したばかりの頃……

食えればいいとばかりに、生肉か、焼いただけの料理しか出来なかったリース。

しかし、フリオやバリロッサ達が作った料理を見たり食べたりするうちに、

『人種族の料理は、こんなに奥が深くて美味しいのですか……』

と衝撃を受け、認識を改めると共に、料理学校に通うなどして料理のスキルを上げて、今ではレシピを見るだけで、料理を作るだけでなく、指示することまで出来るようになっていたのである。


「こんな感じかな？」

ガリルは、大きな入れ物の中に入っている粉と水を、力任せにこね合わせていった。

ガリル達が作業していると、リスレイとリルナーザが様子を見にやってきた。

「調子はどう？　なんか手伝おうか？」

「ありがとうリスレイ。じゃあ、こっちのアンコってやつを、これくらいに分けて丸めてもらえるかな」

ガリルは、後方の棚の上に置いてあるアンコの塊を指さしながら、右手でだいたいの大きさを伝える。

それを、フンフンと確認したリスレイは、

「おっけ～、じゃ、こっちは私とリルちゃんで、ちゃっちゃとやっちゃいましょうか」

「はい、私も頑張ります！」

リスレイの言葉に、気合いの入った表情で頷くリルナーザ。

その周囲には、小型の魔獣達が寄り添っていた。


家でお留守番していた、リルナーザのお友達の魔獣達である。

しばらくリルナーザと離れていたためか、魔獣達はいつも以上にリルナーザにじゃれている。

そんな魔獣達を、リルナーザも笑顔で見つめていた。


そんな一同は、ワイワイと会話を交わしながら、作業を進めていた。

◇同時刻・フリオ宅リビング◇

「フリオ殿、今回は、私の家族が世話になったな」

ゴザルは、フリオから土産にと、渡された団子を頬張りながら、頭を下げた。

「仕事の都合がつけば、アタシ達も行きたかったニャ」

その隣で、一緒にお団子を頬張っているウリミナスも頭を下げた。


リビングでは、帰宅したばかりのフリオを中心にして、ゴザルとウリミナスをはじめとしたフリオ宅の大人組の皆が集まって、日出国の話で盛り上がっていた。

そんな一同の前に、フリオが水晶を取り出した。

「……と言うわけで、これがその時に捕縛したヤマタノドラゴっていう神獣なんです」

その顔にいつもの飄々《ひょうひょう》とした笑みを浮かべながら説明するフリオ。

その言葉に、同席していたウーラが目を丸くした。

「し、神獣ヤマタノドラゴじゃと!? そ、それはあれか!? 日出国の護国山に封印されているという、あの魔獣のことか!?」

「あ、はい。ウーラさんはご存じなんですか?」

「ご存じも何も……ワシは、日出国の出身なんじゃが、神獣ヤマタノドラゴといえば、ワシの先祖の鬼族達が手も足も出なかったと伝承されておる、伝説の魔獣なのじゃが……まさか、こうしてこの目で見ることが出来る日がこようとは……」

ウーラは唖然としながらも、マジマジと水晶を見つめている。

その視線の先、水晶の中には、七つの首を有している神獣ヤマタノドラゴが、揺らめきながら存在していた。

「ふむ……神獣ヤマタノドラゴですかの……このような形態の魔獣を見るのは、この年になってはじめてじゃわい……世界というのはまだまだ広いということじゃのぉ」

カルシームは、うむうむ、と、頷きながら、チャルンが淹れてくれたお茶をズズッとすする。

「ほんに……珍しいでありんすねぇ」

その横で、チャルンも物珍しそうに水晶へ視線を向けていた。

その頭上に、ヒヤが浮遊しながら近づいてくる。

「……この魔獣……厄災魔獣の亜種でございますね……キメラ化しているところを見ますと、どうやら複数の厄災魔獣が何らかの影響で融合し、その結果生まれた稀少種《きしょうしゅ》だと思われます」

「へぇそうなんだ……こいつってそんなに珍しい魔獣なんだね」

ヒヤの説明に、納得したように頷くフリオ。

そんなフリオを、ヒヤは眉間にシワを寄せながら見つめていた。

（……軽い口調で感心しておいでですが……複数の厄災魔獣が融合したキメラ体ということは、通常の厄災魔獣の何倍も強大な力を有しているということ……それは、封印されている水晶ごしでも伝わってくるのですが……そのような魔獣を、こともなげに封印出来てしまうとは……）

ヒヤは床の上に降り立つと、無意識のうちにその場に片膝をついた。

（……さすがは至高なる御方……このヒヤ、改めて感服した次第でございます）

畏敬の念を更に強くしているヒヤ。

そんなヒヤの前で、フリオは、

「……この神獣ヤマタノドラゴだけど、鱗とか少しもらって色々試してみたいんだけど……」

いつもの飄々とした笑みを浮かべながら、そんな会話を続けていた。

クライロード世界を滅ぼし兼ねない神獣ヤマタノドラゴ。

そんな魔獣が封印された水晶を前に、フリオ家の面々はワイワイと話を続けていたのであった。

◇数刻後・フリオ家台所◇

「ふぅ……こんなもんか」

出来上がったまんじゅうを、小分けにした袋を前にして、満足そうな表情を浮かべているガリル。

「しかし、ガリちゃんってまめだよねぇ……取り巻きの女の子達にもこれ、配るんでしょ？」

リスレイの言葉に、ガリルは、

「取り巻きっていうか、みんないつも練習見に来てくれてるし、差し入れもしてくれているんだしさ、たまにはお返ししておかないと、なんか申し訳ない気がしてさ」

苦笑しながら袋を見つめていた。

すると、ガリルの後方に霧が発生し、その中からベンネエが姿を現した。

〝さすがは主殿でございます。そのお心配り、さすがでございます〟

一礼しているベンネエ……なのだが、袋の横に置かれている、皿の上の団子の山へ視線を向けていた。

その視線に気がついたガリルは、

「ひょっとして、ベン姉さんも団子を食べたいの？」

そう声をかけた。

すると、ベンネエは、慌てた様子で首を左右に振った。

〝ななな何をおっしゃる兎《うさぎ》さん……使い魔である我が、主君がお作りになった団子のお相伴にあずかりたいなど、失礼極まりないことを考えるはずなど……ほんの少ししか……〟

いつもクールで冷静なベンネエだが、頬を赤くし、胸の前で人差し指を絡ませながらしどろもどろになってしまっていた。

そんなベンネエの様子に、ガリルは思わず苦笑する。

「主君とか、そういうのはいいから。友達として、食べてほしいな」

そう言いながら、団子の入った皿をベンネエに差し出す。

それを前にして、

〝そ、そのようなもったいないお言葉……し、しかし、そこまでいわれるのでございましたら……〟

なんとか冷静な口調で話をしようとしているベンネエなのだが、団子を前にして、その口元がにへらぁ、とゆがみ、その端から涎《よだれ》の筋が伸びているため、色々と台無しになっている。

ベンネエは勧められるままに、団子を手に取り、口へと運ぶと、

〝う……う、うまし！　最高にうまし！〟

我を忘れて歓喜の声をあげた。

そんなベンネエの姿に、にっこり微笑むガリル。

「喜んでもらえて何よりですよ。よかったらもっと食べてくださいね」

そう言いながら、ガリルが皿を差し出す。

……しかし。

「いっただっきまぁす！　なの！　なの！」

その横から駆け寄って来たワインが、団子に手を伸ばしていく。

すると、その手に、ベンネエの長刀が突きつけられた。

〝貴殿！　その団子は我が主君が我にお勧めくださった一品！　それを横取りしようなど、無礼千万！〟

「や～の！　独り占めはずるい！　ずるい！」

ベンネエとワインは顔を突きつけながら、言い合いをする。

「まぁまぁ、二人とも喧嘩《けんか》しないで、仲良く食べてよ」

そんな二人の様子に苦笑するしかないガリルだった。

◇数日後・クライロード城◇
クライロード城内にある姫女王の自室。

「……ふぅ」

今日の仕事を終えた姫女王は、ため息を漏らしながらベッドに腰を下ろした。

「カーストリア国のゴッド偽金事件もどうにか解決いたしましたけれども……まさか被害があんなに広がっていたとは……」

報告を受けた内容を思い出しながら、姫女王はしばらく俯《うつむ》き、再びため息をつく。

（……女王の座についてしばらくになりますけど……私のような若輩者にはやはりまだ荷が重いと申しますか……）

顔を上げると、姫女王は顔を左右に振った。

「……落ち込んでいても仕方ありません……お父様があのような事になってしまった以上、この私がしっかりしないと……この国を導いていかないと……」

姫女王は決意を新たに、表情を引き締める。

……しかし、その表情が再び暗くなっていく。

「……それにしても……ゴッド偽金事件に、またあの闇王が関与していたなんて……本当にあの人ときたら……」

元父であり元国王である闇王の悪行が白日の下にさらされたことを思い出し、姫女王は再び頭を抱える。

なまじ生真面目なため、小さなことでも気に病んでしまう性格の姫女王。

表情を暗くし、何度もため息を漏らす。

そんな姫女王の視線の先、机の上に紙袋がひとつ置かれていた。

それに気がついた姫女王の表情がぱぁっと明るくなっていく。

「そうでした……！　ガリル君がわざわざ持ってきてくれたお土産があったのでした」

机に駆け寄り、袋を手に取る。

袋をあけると、中には小分けにされているお饅頭が入っていた。

「……確かこれ……ガリル君の手作りでしたよね……」

頬を赤くしながら、饅頭を一つ頬張る。

口の中に、甘い味が広がっていき姫女王の体を幸せな気持ちが包み込んでいく。

「……あぁ、美味しい……とっても美味しい……」

目に涙を溜《た》めながら、歓喜の声を漏らす。

（……ゴッド偽金事件のせいで、ガリル君の家にお邪魔出来ていませんでしたけど、それも解決いたしましたし……急ぎの仕事が片付いたら、明日にでもまた、ガリル君に会いに行ってみようかしら……）

そんな事を考えながら、もうひとつ饅頭を頬張っていく。

「……それにしても……」

次の瞬間……姫女王の表情が再び暗くなっていく。

「……こんなに美味しいお饅頭を作れるなんて……ガリル君って、どんなにすごいのでしょう……私ときたら、リース様にあんなに特訓していただいているというのに、一向に料理の腕前が上達しませんし……それに、クライロード城に会いに来てくれたガリル君の背後にいたあの女性はいったい誰なのでしょう……ベン姉さんと、ガリル君は言っていましたけど、フリオ様の家に、あのような女性はいなかったはずですし……やっぱり私のように年上でやきもちやきの女ではガリル君にふさわしくないのかも……」

ブツブツ呟きながら、ずーんと落ち込み続けている。
なまじ生真面目なため、小さなことでも気に病んでしまう性格の姫女王。
そんな姫女王の心に平穏が訪れる日は、まだ先のようだった。

エピローグ……8

◇クライロード城内◇

クライロード城内。

中庭の一角に建設された石造りの建物を、マクタウウロが見上げていた。

「どうやら、来月から生徒の受け入れを開始出来そうだな」

その隣に立っているフリオも、マクタウウロと一緒にその建物を見上げている。

「ご希望に添えたでしょうか？」

「うむ、フリース雑貨店殿には、このクライロード騎士養成学校の建築では本当に世話になった。おかげで、思っていた以上の仕上がり具合だ」

フリオの言葉に満足そうに頷《うなず》くマクタウウロ。

「魔王軍との休戦協定を受けて、魔族も受け入れる事が出来るように新設されたこのクライロード騎士養成学校だが、おかげで良いスタートが切れそうだ」

ふいに、マクタウウロがフリオへ向き直る。

「ところで……ガリル君は、このクライロード騎士養成学校に通ってくれるのかな？」

「どうでしょう。進路に関しては、すべて本人の意思に任せていますので」

「ふむ、そうか……では、私もガリル君の決断を待つとしますか……しかし、姪《めい》っ子のルーンは、ガリル君が入学することを嫌悪しているようでなぁ……」

「……何かあったのですか?」

「何でも、私がやけにガリル君の事を褒めるものだから、ホウタウ魔法学校の一般開放を見学に行ったらしいのだが……そこでのガリル君は、女の子達《たち》とデレデレしてばかりいたと……」

少しおどけた口調のマクタウロ。

そんなマクタウロに、フリオはいつもの飄々《ひょうひょう》とした笑顔を向けた。

「あぁ、それでしたら、剣闘部の部長として部員達の指導をしていたのでしょう。あの部で、ガリルがそれなりに本気でやり合えるのは、ムラサメ先生しかいないでしょうからね」

「ふむ……なるほど、そういうことか」

フリオの言葉に、マクタウロは納得したように頷く。

「しかし、あれじゃな……この世界に平和が訪れたことで、最前線で戦い続けていた私のような人種族が、こうして学校の校長として余生を送ることが出来る日が訪れるとは……正直、夢にも思っていませんでしたな」

「そうですね。やっぱり、みんな仲良く暮らせる世界がいいですよね……魔族だからとか、亜人だからといって、差別するのは、間違っていると思うんですよ。みんな生きているんですから」

大きく頷くフリオ。

その言葉に、マクタウロも頷いていく。

二人の眼前には、完成間近のクライロード騎士養成学校がそびえていた。

◇ホウタウの街・フリオ宅◇

フリオ宅の前方には、広大な放牧地が広がっている。

スレイプとビレリー夫妻が主に魔馬を飼育しているこの放牧地。

その奥にはブロッサムが管理している農園が広がっている。

「最近、農園がまた広くなってないかい？」

農園の近くにある、小高い丘の上。

額の上に手をあてがいながら農園の様子を眺めていたフリオは、思わず声を漏らした。

「えへへ、ウーラの旦那達がメッチャ頑張ってくれてるからさ。おかげで農園をどんどんでっかくすることが出来てるんですよ」

フリオの隣で、腕組みをしているブロッサムは、嬉《うれ》しそうな笑みを浮かべながら豪快な笑い声をあげていた。

「それは何より……だけどさ……」

その顔に飄々とした笑みを浮かべていたフリオだが、その視線がブロッサムの足元に移動した。

「ねぇ、ブロッサム……その女の子は、誰なのかな？」

怪訝《けげん》そうな表情を浮かべているフリオの視線の先には、小さな女の子の姿があった。

恥ずかしいのか、フリオの視線を避けるように、女の子はブロッサムの背後に隠れる。

「あぁ、この子なんだけどさ、ウーラの娘さんでね、コウラちゃんって言うんだけどさ……」

ニカッと笑うと、ブロッサムは女の子を抱き上げる。

コウラは、顔を真っ赤にしながらも、どこか嬉しそうな表情を浮かべていた。

そんなコウラを、ブロッサムは肩車しながら口を開く。

「コウラちゃんってさ、ウーラの旦那が働きに出ている間は、家で一人なんだよね。だからさ、アタシの都合がいい時は、こうして一緒にいてあげているんだよ」

「へぇ、そうなんだ」

フリオとブロッサムが会話を交わしている中、ブロッサムに肩車されているコウラは、ブロッサムの頭に抱きつきながら、髪の毛の中に顔を埋《うず》めていた。

時折、髪の隙間からフリオへ視線を向けている。

フリオがいつもの飄々とした笑顔を返すと、びっくりした表情を浮かべながら、すぐにブロッサムの髪の毛の中に顔を埋めてしまう。

そんなコウラの仕草を、フリオは笑顔で見つめていた。

「コウラちゃんって、ブロッサムの事が大好きみたいだね」

「あはは、そうなのかな？　アタシはよくわかんないんだけど、よく一緒に遊んでくれるんだよ」

笑みを浮かべながら、ブロッサムはコウラの手を握る。

コウラは、その手を握り返しながら、その顔に嬉しそうな表情を浮かべていた。

「お〜い、フリオ殿！　ブロッサム殿、それにコウラよ！」

そこに、ウーラの声が聞こえてきた。

配達からの帰りらしく、ウーラが荷車を引きながら街道を進んでくる。

「あ、ウーラの旦那、お疲れ様っす」

そんなウーラに、ニカッと笑みを浮かべながら駆け寄っていくブロッサム。

「おぉ、ブロッサム殿、今日もコウラの相手をしてくださり、本当に助かるわい」

「いいって事よ。ブロッサム農園《うち》の仕事をしてくれているんだからさ。アタシの手が空いている時なら、いくらでも相手してあげるって」

そう言うと、ブロッサムはコウラを地面の上に降ろす。

すると、

「お父……お帰り」

トトトと駆けて、コウラはウーラの足に抱きついた。

「うむ、ただいまじゃ、コウラよ。良い子にしておったか？」

「……うん……の、言うこと、ちゃんと聞いてた」

ウーラの言葉に、顔を真っ赤にしながら頷くコウラ。

（……ん？）

コウラの言葉に違和感を感じたフリオは、思わず首をひねった。

（……気のせいかな……言葉が一部聞き取れなかったような……）

「そうかそうか、ブロッサム殿の言うことをしっかり聞いておったのじゃな」

「……うん……の、言うこと、ちゃんと聞いてた」

コウラはウーラの言葉に返事をする。

（……やっぱり、一部聞こえない……というか、意図的に声を小さくしているような……）

それに気付いたフリオは、小さく詠唱した。

それと同時に、フリオの耳の周囲に小さな魔法陣が展開していく。

聴覚スキルを上昇させて、コウラの言葉を聞き逃さないようにする。

そんなフリオの前で、ブロッサムがコウラのもとに歩み寄った。

小柄なコウラと視線を合わせるために、ブロッサムはその場にしゃがみこむと、

「ホント、コウラは良い子だね。パパの言いつけを守って、アタシの言う事をちゃんと聞いてくれるもんな」

ニカッと笑みを浮かべながら、コウラの頭を撫《な》でた。

髪の隙間から、一本角がのぞく。

その周囲を、ブロッサムが少し荒っぽく撫でた。

ブロッサムなりの愛情表現である。

それがわかっているのか、コウラは嬉しそうな笑みを浮かべていた。

「うん……の、言う事、聞くよ」

小さな声で、そう返事をするコウラ。

その言葉を聞いたフリオは、思わず笑顔になった。

魔法で強化されたフリオの耳には、

『うん、お母の、言う事、聞くよ』

そう聞こえていたのである。

（……そっか……コウラちゃんって、ブロッサムの事を……）

フリオは改めてブロッサムとウーラを見つめる。

その視線の先では、

「後で、一緒に飯でも食わぬか？」

「いいね、お邪魔じゃなかったら、アタシも交ぜてよ」

楽しそうに会話を交わしているウーラとブロッサム。

そして、その間に立って、右手でウーラの手を、左手でブロッサムの手を、そっと握っているコウラの姿があった。

「旦那様！」

そこに、家の方からリースが駆け寄ってきた。

「旦那様、お昼をもってまいりましたわ。よかったら、近くで一緒に食べませんか？」

フリオの側《そば》へ駆け寄ったリースは、にっこり微笑《ほほえ》んだ。

そんなリースに、笑顔を返すフリオ。

「そうだね、せっかくだから、ウーラの山の見晴らしのいい場所で食べようか」

「はい！」

フリオの言葉に嬉しそうに微笑みながら、リースはその視線をウーラへ向ける。

「そうと決まりましたら、見晴らしの良い場所に案内してくださ……」

「あぁ、いやいや……僕達は二人で食べてくるから、ウーラ達は三人でご飯を食べてきてよ。じゃあ」

リースの言葉を遮りながら、言葉を発したフリオは、即座に詠唱した。

すると、フリオとリースの足元に魔法陣が展開し、二人の姿は瞬時に消え去っていった。

◇◇◇

山の中腹に転移したリースは、

「だ、旦那様、急にどうなさったのですか？」

びっくりした表情を浮かべながらフリオを見つめていた。

そんなリースへ視線を向けながらフリオは苦笑する。

「説明もせずに、急にごめんね。今日はさ、二人だけで食べたかったもんだから、つい……」

リースはフリオの言葉に頬を赤く染めながら、ぱあっと表情を輝かせていく。

「う、嬉しいですわ旦那様……私も、二人きりですと、より嬉しいですし……」

フリオの腕に抱きつきながら、具現化した尻尾を左右に振り続けている。

そんなリースを、フリオは笑顔で見つめる。

（……ウーラとブロッサムの事を説明したら、お節介焼きのリースの事だから、二人をくっつけようとしてあれこれしでかしかねないし……）

そんな事を考えながら、フリオはリースを抱き寄せていく。

そんな二人を、雲間から顔を出した陽光が照らしていた。

◇とある森の奥深く◇

空中から巨大な翼龍《ワイバーン》が舞い降りた。

首が二つあるその双頭の翼龍《ワイバーン》は、大きく息を吐きだした。

その体が光り輝いたかと思うと、徐々に小さくなり、あっという間に小柄な男の姿へと変化していく。


――フギー・ムギー。

元魔王軍四天王の一人で双頭鳥《そうとうちょう》。

魔王軍を辞して以後、とある森の奥で、三人の妻とその子供たちと一緒にのんびり暮らしている。


「ちょっとフーちゃん、何かあったの？　いきなり飛んでいくからびっくりしたじゃない」

その男のもとに、鍬《くわ》を担いだ女性――カーサが駆け寄った。


――カーサ。

近くの村の農家の娘。

人の姿のフギー・ムギーに一目ぼれし、猛アタックの末、妻の座を射止めることに成功し、今は森の中の小屋の中で他の二人の妻と一緒に暮らしている。

「「カーサ、大したことないなり。ちょっと鬱陶しい奴《やつ》らがいたなりよ」」

「鬱陶しい奴？」

「「うん、出来たばかりの魔導船の発着場を自分の巣にしようとした魔獣がいたなりから、ちょっと思い知らせてきたなり」」

「うわ……それ、最悪じゃん……子供たちが学校に通えなくなっちゃうじゃない」

フギー・ムギーの言葉に、カーサは眉間にシワを寄せる。

「「まぁ、痛い目に遭わせたなりから、もう二度と悪さをしようとは思わないなりよ」」

そんなカーサの前で、楽しそうに笑うフギー・ムギー。

「……そうね……確かに、フーちゃんは強いから大丈夫だと思うけどさ……」

カーサは不安そうな表情を浮かべながらフギー・ムギーの右腕を抱きしめる。

「でも……あんまり無茶はしてほしくないな……大丈夫だとわかってても、やっぱ不安になっちゃうからさ……」

「「そんなに心配することないなりよ。僕はすっごく強いなりから」」

フギー・ムギーは楽しそうに笑う。

しかし、カーサはフギー・ムギーの右腕を抱きしめたまま、うつむき続けていた。

そんなカーサの頭を、フギー・ムギーはそっと抱き寄せる。

「……ま、まぁ、でも……十分気を付けるなりから……そんなに心配しなくてもいいなりよ」

「……うん、そうだね」

抱きよせられたことでようやく落ち着いたのか、カーサは笑みを浮かべる。

「……あのさ、子供たちがホウタウ魔法学校から帰ってくるまで時間があるし、さ……」

頬を赤く染めながら、上目遣いでフギー・ムギーを見上げるカーサ。

「え? っと……その……な、なんなりか?」

「もう……わかってるでしょ? 全部言わせないでよ！」

カーサが少しすねたような声をあげる。

その時だった。

「あー！！！」

森の中に女性の声が響きわたった。

その声と同時に、フギー・ムギーとカーサに向かって駆け寄る女性が二人。

一人は、森の中から続いている街道から駆け寄ってくるシスター服を身にまとった女性――シーノ。

もう一人は、近くの山頂に向かって延びている獣道から駆け寄ってくる、背に籠を背負った女性――マート。

——シーノ。

カーサと同じ村で暮らしていたシスターの女性。

カーサ同様にフギー・ムギーに一目ぼれし、今は妻の一人として一緒に暮らしている。

普段は、村で怪我人《けがにん》や病人の治療を行っている。

——マート。

森の中で山賊に襲われそうになっていたところをフギー・ムギーに救われた商人の女性。

助けられた恩を返すためにフギー・ムギー達《たち》と一緒に暮らしているうちにフギー・ムギーのことを好きになり、妻の一人として一緒に暮らしている。

「ちょっとカーサ！　私が村に行っている間に、フーちゃんとムフフなことをしようとしていましたね！　ちょっと許せませんわ！」

「そうですよ！　そういうことは抜け駆けしないって協定を結んでいるじゃないですか！」

シーノとマートがすさまじい形相でカーサへ詰め寄っていく。

「あ、あの……その……な、なんていうのかな……あ、安堵《あんど》したらちょっと高まっちゃったっていうか……その……あ、あは……あはは……」

「「あはは」じゃありませんわ！」

「笑ってごまかせる問題じゃありません！　本当になんて羨ましい……」

フギー・ムギーの傍らで言い合いを続ける三人。

フギー・ムギーは、そんな三人を見回しながら首をひねっていた。

「「そんなに仲良くしたいなりか？　なら、みんなで一緒に仲良くするなりか？」」

「は？」

「へ？」

「ほ？」

フギー・ムギーの言葉に、三人は顔を真っ赤にして目を丸くする。

「あ、いや……でも……子供達のお迎え……」

「でも、もう少し時間がありそうだけど……」

「そ、そういうことなら……そうですね……」

モジモジしながらも、フギー・ムギーの側《そば》に集まっていく三人。

そんな三人と一緒に、フギー・ムギーは家の中へと移動していく。


……この日、定期魔導船で帰って来た子供達を出迎えた三人の妻達は、いつも以上にフギー・ムギーとベタベタしており、その様子に子供達が困惑しきりだったのは、言うまでもない。

◇魔王城・玉座の間◇

魔王城の二階にある玉座の間。

この城の主《あるじ》である魔王ドクソンは、今日も玉座の前に、どっかと腰を下ろしていた。

そんな魔王ドクソンの隣に控えている側近のフフンは、右手の人差し指で伊達《だて》眼鏡をクイッと押し上げた。

「……魔王ドクソン様」

「あ？　なんだ、フフンよ」

「まだ今日も、玉座には座られないのでしょうか？」

再度眼鏡をクイッと押し上げるフフン。

そんなフフンを一瞥《いちべつ》すると、魔王ドクソンは小さく息を吐いた。

「……気持ちはありがたいが……まだ駄目だ。この俺様自身が、納得してねぇからな」

「ですが……」

「気持ちはありがてぇが、その話題はここまでにして、連絡事項を頼む」

「は、はっ。了解いたしました」

フフンは一礼すると、手に持っている書類へ視線を向ける。

「四天王ベリアンナ様より、魔族領内の警備を厚くしているとの事ですが、ここ数日は大きな事件や噂《うわさ》も発生していないとのことでございます」

「うむ、そうか……それは何よりだな」

満足そうに頷《うなず》く魔王ドクソン。

その様子に、フフンもまた頷いた。

ユイガード時代の魔王ドクソンであれば、「なんで何もねぇんだ？　みんなサボってるんじゃねぇか？」と、無茶ぶりをしかねなかった。

そんな時代の魔王ドクソンの事を熟知しているだけに、フフンは感慨深い気持ちになっていた。

「で、他には？」

「はい。ネロナ様と、セリナフォット様、スノーホワイト様の御三方《おさんかた》から、今日の夕食のお誘いが……」

フフンがそこまで言ったところで、魔王ドクソンはがっくりと肩を落とし大きなため息を漏らす。

「まぁた、あの三人か？　ここんとこ毎日来てねぇか？」

「そうですが……皆様、有力魔族の代表としてお誘いをしてこられておりますので、あまり断り続けるのは得策ではないかと……」

「有力魔族の代表と言えば聞こえはいいが……要は俺の嫁になるために、ご機嫌伺いに来ているだけじゃねぇか……」

再び、大きなため息をつくと、その視線をフフンに向けていく。

「……何か？」

その視線に気付いたフフンは、眼鏡をクイッと押し上げた。

「フフンよ、今夜は予定があるか？」

「予定でございますか？　今夜は、薬品の研究でも、と思っておりますが……」

「それは、明日に回しても支障はないのか？」

「はい、半分趣味のようなもので、そこまで緊急性はございませんので」

「なら……三人に伝えてくれ。今夜の俺は、フフンと飯を食いに行くとな」

「……私と……で、ございますか？」

「あぁ、そうだ」

ぶっきらぼうに言い放つと、魔王ドクソンは立ち上がり、足早に玉座の間を後にしていった。

その後ろ姿を、フフンは恭しく一礼しながら見送る。

「……では、お三方の夕食のお誘いは、急ぎの用件につき本日はお断りさせていただく旨、お返事をしておきますわ」

そう言うと、眼鏡をクイッと押し上げるフフン。

そんなフフンの様子を、脇に控えていた四天王の一人幼女型《ロリータタイプ》狂科学者《マッドサイエンティスト》のコケシュッティは、

（……はてはて？　気のせいでしょうか……フフン様ってば、お顔が真っ赤になっているようなのですです）

そんな事を考えながら、横目で見つめていたのだった。

◇ホウタウの街・ブロッサム農園◇

「えぐっ……えぐっ……」

ブロッサム農園の一角にあるゴブリン達の邸宅。

その中の一つ、ホクホクトンの家の中で、テルビレスは号泣し続けていた。

ベッドに顔を埋《うず》め、涙を流し続けているテルビレス。

そんなテルビレスを、この家の主であるホクホクトンが、呆《あき》れきった表情を浮かべながら見つめていた。

「……テルビレスよ……ウーラの山が転移してきたせいで、お主が隠していた酒蔵が巨木ごとどこかへ行ってしまったのは残念だったと思うでござる」

「ふぐっ……えぐっ……」

「……だがな、だからといって、そんなに泣かなくてもよかろう。酒はまた働いて金をかせいで買えばよかろう」

「あぐっ……だ、だってぇ……あの中にはぁ、もう二度と手に入らない限定物の『アカイワオマチ』とかあったんだもぉん……ひぐっ……」

「……あぁ、残念だったのはわかった……じゃがな……だからといって、なぜに、拙者のベッドで泣く必要がある？　お主のベッドも準備してやっておるじゃろう？　拙者、自分のベッドで寝たいんじゃが？」

「おぐぅ……だ、だってぇ、私のベッドで泣いたらぁ、濡《ぬ》れて気持ち悪いじゃなぁい……ぶ～！」

「ちょ!?　今、鼻をかんだ!?　鼻をかんだでござるな!?っていうか、お主が気持ち悪いのであれば、当然拙者も気持ち悪いでござるぞ!?」

「ふぐぅ……そんなのぉ、私が気持ち悪くなければいいじゃなぁい……」

「あ～！　言ったでござるね！　超自己中な事言ったでござるね！　もう、拙者怒ったでござるもんね！」

ホクホクトンは地団駄を踏みながら、テルビレスを睨《にら》み付ける。

部屋の奥から、大きな木箱を引っ張ってくると、その中から何かを取り出した。

「えぐっ……って……ふぇ!?」

それを見たテルビレスの目が大きく見開かれた。

その視線の先、ホクホクトンの手には『アカイワオマチ』と書かれたラベルが貼られている酒瓶が握られていた。

「ったく……フリオ様にお願いして、お主の酒を回収してきてやったでござるのに、もう拙者怒ったから……むぎゅ」

酒瓶を持ったまま怒声を張り上げていたホクホクトン。

そんなホクホクトンに、ベッドから飛び出したテルビレスが抱きついた。

「好きぃ！　ホクホクトン大好きぃ！」

「うぬぅ!?　お主が好きなのは、拙者が回収してきた酒であろうが！」

「もちろんそうだけどぉ、ホクホクトンも好きぃ！　一緒に寝てあげてもいいよぉ」

「お主のような駄女神、こっちからお断りでござる！」

「そんな事言わないでぇ！　一緒にお酒飲んでぇ、一緒のベッドで朝を迎えようよぉ！」

「言葉だけ聞けば艶っぽい発言でござるが、単に寝落ちして寝ゲ○まみれになるオチがわかっているでござるゆえに、全力でお断りでござる！」

「そんなこといわないでぇ！　ホクホクトンだぁいすきぃ！」

「あ!?　こら！　好き好きいいながら、酒瓶を回収するでないでござる！」


この夜……

ホクホクトンの家からは、テルビレスの歓喜の声、とホクホクトンの怒声が一晩中響き続けていたのだった。

◇ホウタウの街・フリース雑貨店◇

フリース雑貨店の奥には工房がある。

元々は商品倉庫が置かれていた建物だが、地下部分に倉庫を増設したことで、二階部分が空き部屋となったため、フリオがそこに工房を設置し、そこで商品の増産を行っていたのであった。

最初の頃は、フリオが自ら商品開発を行っていたのだが、最近はヒヤが中心になって魔法道具の増産を行っていた……の、だが……


工房の中を移動していたヒヤは、とある一室の前で足を止めた。

その部屋の中では、一人の男が魔法を展開していた。

「……おや？　あなたは、確かホウタウ魔法学校の……」

「おや？　私の事をご存じなのですかねぇ……それは嬉《うれ》しいですね」

後方を振り返ったその男は、その顔に笑みを浮かべながらヒヤへ向き直った。

「改めて自己紹介をさせていただきます。私、ホウタウ魔法学校で魔法絵画を担当しているメタルゾビーと申します」

自己紹介をしながらも、魔法を展開し続けているその男——メタルゾビー。

その周囲では、メタルゾビーの魔法で複数の絵筆が宙を舞い、複数の色紙に色を付け続けていた。

顎に右手をあてながら一礼しているメタルゾビーへ、ヒヤは視線を向ける。

「あぁ、あなたでしたか……ウリミナス様が新たに雇われたという、色紙作製者の方というのは」

「はい。こちらのフリース雑貨店で絵を得意としている人材を募集しているとお聞きしまして、面接を受けさせて頂きましたところ、無事に採用して頂けた次第でして……あ、でも、ホウタウ魔法学校の教員の仕事も、引き続きさせて頂く契約になっていますので……」

「えぇ、それもウリミナス様よりお聞きしております……それにしても……」

そう言うと、メタルゾビーの後方の色紙へ視線を向けた。

「……さすが、魔法絵画を教えているだけのことはありますね。この色紙の絵、どれも出来がいいだけでなく……」

そう言うと、ヒヤは出来上がったばかりの色紙を手に取る。

すると、真面目な表情をしているガリルの絵が、にっこりと微笑《ほほえ》んだ。

「表情が変化するよう、魔法がかけられているのですね」

「えぇ、現在色紙作製を担当されている皆様も、絵が大変お上手な方々ばかりなのですが、魔法絵画を習得していれば、こんな芸当もお茶の子さいさいなんですよねぇ」

「ふむ……」

色紙の中のガリルの表情を確認していたヒヤは、右手をパチンと鳴らした。

すると、ヒヤの手元に何も描かれていない状態の色紙が出現した。

さらに右手を一振りすると、ヒヤの周囲に絵筆が出現していく。

ヒヤが指を動かすと、絵筆が宙を舞い、色紙に色を付けていく。

「へぇ……なかなか見事な筆さばきですね」

その様子に、メタルゾビーが感嘆の声をあげる。

そんなメタルゾビーの視線の先で、指を動かし続けているヒヤ。

その指が、不意に停止した。

「……はて？」

同時に、ヒヤが眉間にシワを寄せた。

「……おかしいですね……メタルゾビー様の色紙を真似《まね》て描きましたのに……」

「……はい？」

ヒヤの言葉に、首をひねったメタルゾビーは、ヒヤが手にしている色紙を、横からのぞき込んだ
……の、だが……

その視線の先、色紙の中には……メタルゾビーの絵とは似ても似つかない、赤子の悪戯《いたずら》描きのように稚拙なガリルの似顔絵が描かれていたのであった。

「……はて……なぜこのような出来になってしまったのでしょう……」

「えっと……なんといいますか……魔法の腕を上達させるためには、日々の鍛錬が必要なように、絵が上達するのにも日々の鍛錬が大切と申しますか……」

「ふむ……なるほど……」

メタルゾビーの言葉に、ヒヤは大きく頷く。

光と闇の根源を司《つかさど》る魔人ヒヤ。

しかし、絵心は……まだまだ発展途上であった。

◇ホウタウの街・ホウタウ魔法学校◇

放課後……

ホウタウ魔法学校の格技場では、剣闘部の練習が行われていた。

「しかしあれね……一般開放でやってきた見学者の人達に帰ってもらうの、一苦労だったわね」

エリナーザが二階の観覧席を掃除しながらため息を漏らす。

そんなエリナーザの言葉にリスレイが苦笑した。

「仕方ないよ、ガリちゃんが日出国《ひいずるくに》のお土産だって、饅頭《まんじゅう》を配りまくったもんだから、さらに人気が高まっちゃって、ただでさえ熱狂的だった追っかけの人達が、さらにパワーアップしちゃったんだもん」

「まったく……ガリルってば、無意識に女たらしよね」

リスレイの言葉に、やれやれといった感じでエリナーザがため息を漏らす。

「……確かに」

その言葉に、再び苦笑するリスレイ。

その視線が、一階席へと向けられた。

視線の先には、ガリル達と一緒に一階の片づけをしているレプターの姿があった。

その腰には、華のカモンが刻まれたキーホルダーがつけられていた。

（……日出国のお土産、つけてくれてるんだ……なんか、嬉しいな）

リスレイはその顔に、思わず笑みを浮かべる。

「どうかしたのリスレイ?」

「え?　あ、い、いえ……なんでもないわ、なんでも……」

「ふ～ん……ならいいけどさ。とにかく、早く終わらせましょう。ガリルの練習時間が短くなっちゃうからさ」

「う、うんそうだね」

エリナーザの言葉に頷くと、リスレイも箒《ほうき》を振るう手を動かした。

◇◇◇

掃除の後……

追加練習がはじまった格技場の中。

座っているルーンは、目を丸くしたままその場で固まっていた。


この日、ホウタウ魔法学校の剣闘部の様子を改めて見学するために、ルーンは定期魔導船でホウタウ魔法学校を訪れていた。

「……い、一体なんなの……これは……」

ワナワナと体を震わせているルーンの眼前で、ホウタウ魔法学校の剣技の教員であるムラサメは、

「……はっ！」

一挙動で刀を振り上げた。

クライロード魔法国の東に位置する、日出国の出身であるムラサメは、羽織袴《はおりはかま》という日出国独特の装束に身を包んでおり、刀を振り上げたまま宙を舞う。

ムラサメと対峙《たいじ》しているガリルは、

「うわぁ、さすがムラサメ先生。すごい速さですね」

嬉しそうな声をあげながら、自らが手にしている剣でムラサメの刀を受け流していく。

さらに、刀を横に受け流しながらガリルは前に出る。

（……この一撃を受けるだけでなく、横に流しながら攻撃に転じるとは……）

ムラサメは、踏み込んだ足をそのままに、あえてガリルとの距離を詰めていく。

その動きを察したガリルは、剣の柄《つか》をムラサメの肩口にぶつける。

不安定な体勢ながらも、ガリルは腕力でムラサメの体を押し込んでいく。

「……は！」

前進を止められたムラサメは、慌てることなく後方に下がりながら刀を構え直す。

「よっし！」

そこに、ガリルがさらに踏み込んだ。

その顔には笑みが浮かんでおり、見る者に余裕を感じさせる。

一方のムラサメは、口を真一文字に結んだまま、ガリルの動きをけん制しながら後方に下がっていく。

この攻防が、わずか一秒未満で行われていた。

「……い、一体何がどうなってるんだ、おい……」

格技場の端に座って二人の攻防を観戦していた剣闘部員の一人、蜥蜴《とかげ》族のレプターは目を丸くしたまま固まっていた。

「ホント……ちょっと何やってるのかさっぱりわかんない……」

その隣に座っているリスレイも、目を丸くしながら、必死になってムラサメとガリルの攻防を見つめ続けている。

両眼の前に手をあてがい、同時に目を細めながらどうにかして二人の動きを眼で追おうとしているのだが、二人の動きにまったくついて行くことが出来ていない。

「ちょ……ちょっと全然追いつかないわ……」

「そうね……あの速さは普通じゃ見えないわね……」

リスレイの隣に座っているエリナーザも、眉間にシワを寄せながら二人の動きを凝視し続けている。

その瞳は虹色に輝き、額の宝珠も同じ色の輝きを発していた。

エリナーザは、全力で魔力を展開すると、額の宝珠が輝いてしまう。

産まれる際に、女神の祝福を受けた証《あかし》の宝珠を持つエリナーザは、類《たぐ》い希《まれ》な魔法の能力を有しており、額の宝珠はその魔力の根源であった。

そんな魔力の持ち主であるエリナーザが、視力に全魔力を集中することで、ようやくムラサメとガリルの攻防を視認する事が出来ていたのであった。

とはいえ、集中していないと一瞬にして動きを見ることが出来なくなってしまうため、エリナーザは眉間にシワを寄せたまま二人の動きを追い続けている。

その隣には、ガリル・エリナーザ・リスレイ達と同級生のサリーナ・アイリステイル・スノーリトルの三人の姿があった。

「さっすがガリル様リン！　ムラサメ先生を圧倒してるリン！」

両手を胸の前で握りしめながら、黄色い声をあげているサリーナ。

膝立ちになり、ピンクを基調とした服に身を包み、ミニスカートの裾をひらひらさせながら飛び跳ね続けている。

その瞳はハート型になっており、格技場内のガリルへと向けられていた。

そんなサリーナの隣に座っているアイリステイルは、いつもの黒を基調としたゴスロリ衣装に身を包み、口元に黒猫のぬいぐるみを押し当て、

『さっすがはガリル様！　素晴らしい！って、アイリステイルも言ってるんだ、ゴルァ！』

腹話術よろしく、ぬいぐるみの口をパクパクさせながら、巧みに声をあげる。

魔族であり、人見知りなアイリステイルは、級友達と円滑にコミュニケーションを取るためにぬいぐるみを介して会話をすることを常としていた……のだが、

『それよりも破廉恥な小娘！　ガリル様の邪魔にしかなってないから失《う》せろ！ってアイリステイルも言ってるんだ、ゴルァ！』

ぬいぐるみの口調は常に毒舌なため、

「な、何言ってるリン!?　この服装は、サリーナの可愛《かわい》さを最高潮に際立たせるための……」

常に、言い合いの種にしかなっていないのであった。

もっとも、良い意味でも悪い意味でも、級友達とコミュニケーションを取れているという点では、目的に達していると言えなくもないのだが……

そんな言い合いを続けているサリーナとアイリステイルを横目に、スノーリトルは格技場内へ視線を向け続けていた。

「ガリル君、今日もとっても格好いい……」

白を基調としたドレスを身にまとっているスノーリトルは、口元を両手で押さえながらガリルの動きを見つめ続けている。

御伽《おとぎ》族であり、世界の御伽話《おとぎばなし》の登場人物を具現化させて召喚することが出来るという能力を持っているスノーリトル。

その能力によって、スノーリトルの足元には数人の小人達が具現化しており、手に持っている楽器をかき鳴らしながらガリルに向かって声援を送り続けていた。

「ちょっとスノーリトル！　その小人達の演奏ってば、うるさいリン！　ガリル様の邪魔になってるリン！」

『それに関しては同意だってアイリステイルも言ってるんだ、ゴルァ！』

「はぁ……ガリル君、本当に素敵……」

肩を怒らせているサリーナとアイリステイル。

それを意に介すこと無く、スノーリトルはガリルを見つめ続けている。

「ホント、相変わらずだなぁ……三人ってば」

そんな三人の様子を、リスレイは苦笑しながら横目で見つめていた。

「仲がいいのは良いことだと思うけど、ガリルの邪魔になりかねないわね」

そう言うと、エリナーザは三人に向かって右手を向ける。

その手の先に魔法陣が展開し、同時にサリーナ・アイリステイル・スノーリトルの足元にも魔法陣が展開していく。

すると、三人の声が聞こえなくなった。

何事か言い合いしているのは間違いないのだが、その声だけがまったく聞こえなくなったのである。

エリナーザのサイレントの魔法の効果であった。

（……ま、まぁ、三人に悪気はないんだけど……と、とりあえずこれでガリちゃんも模擬戦に集中出来るか、な？）

口やぬいぐるみの口だけパクパクさせている三人の様子を苦笑しながら横目で見つめているリスレイ。

そんな一同の前では、ガリルとムラサメの二人が、すさまじい速さでの攻防を繰り返し続けていた。

その光景を、ルーンは目を丸くしたまま凝視し続けていた。

「……ど、どういうことなの……なんでこんな動きが出来るの……ガリル君……こんなすごい動き、今までに一度も見せたことないじゃないの……」

ルーンが震える声を漏らす。

そんなルーンを横目で見つめたエリナーザがクスクス笑った。

「ルーンさん。さっきまでの合同練習では、ガリルは部員のみんなのレベルに合わせて指導をしていたのですよ」

「は、はい？……れ、レベルを合わせて……？」

目を丸くしたままのルーンに、リスレイが思わず吹き出した。

「ガリちゃんが本気だしたら、私達の練習にならないじゃない」

「そうでございますわね」

すると、格技場の一角に霧が発生し、その中からベンネエが姿を現した。

〝我が主である、ガリル殿は、このベンネエを倒したお方。そのようなお方が、このような子供達に遅れをとるとでもお思いか？　そこな小娘よ〟

「べ、ベンネエですって!?」

ベンネエの言葉に、ルーンはさらに目を丸くする。

「べ、ベンネエって……東にあるという日出国の無双の剣豪って、図書館の事典に載ってたはずだけど……まさか……」

「そうなの。先日、家族で日出国に行ったんだけど ね、ベン姉さんってば、そこでガリルに負けちゃってね」

「そうそう、それでガリちゃんの使い魔になって、ついて来ちゃったんだよね」

エリナーザとリスレイの説明に、腕組みをしたまま頷くベンネエ。

〝その通りでございます。このベンネエ、刀の修行に明け暮れた幼少の頃から、肉体が朽ち果て思念体となりし今に至るまで、完全な敗北を喫したのは、ガリル殿のみ。ならば、忠誠を誓い、付き従うのがモノノフの忠義でございますわ〟

うんうんとベンネエが頷く。

そんな一同を、ルーンは目を丸くしながら見回していた。

（……ま、マクタウロ叔父様に言われて、改めてガリルの様子を見に来たけど……な、なんなのよ、これ……ガリルはすっごく強いし、伝説の剣豪はいるし……もうわけがわかんない……）

混乱した頭を抱えながら、頭を左右に振りまくるルーン。

格技場内では、ガリルとムラサメの刀の音が響き続けていた。

◇ホウタウの街・フリオ宅◇
フリオ宅の風呂は、大家族だけあってかなり大きい。

男女で分かれており、湯船には常にお湯がはられている。

フリオの魔法によって、お湯は常に循環しており綺麗《きれい》な状態に保たれていた。

「はぁ……今日も楽しかったなぁ」

そんな男湯に、ガリルが入ってきた。

「……ガリルお兄ちゃん、いつもすごい」

その後方を、てててとゴーロが追いかける。

先ほどまで、ガリルと剣の稽古をしていたためか、ゴーロも汗だくになっている。

その顔には、やや疲れた表情も浮かんでいた。

一方のガリルはというと、ほとんど汗もかいておらず、疲れた様子など微塵《みじん》も感じさせていなかった。

「別にすごくなんかないって。俺よりすごい人なんていっぱいいるしさ、ゴーロの父さんのゴザルさんとか、俺の父さんとか」

ガリルは洗い場の椅子に腰掛けると、自らの体にお湯をかける。

すると、

〝お背中、お流しさせていただきます〟

ガリルの背後に出現したベンネエが、手に持ったタオルを泡立てながらガリルの背中に密着した。

「ちょ!?　べ、ベン姉さん!?」

いきなり出現したベンネエを前にして、ガリルは顔を真っ赤にしながらその場から飛び退《すさ》る。

両手で股間を隠しているのは言うまでもない。

「ちょ、ちょっとベン姉さん……ここは男湯だから……」

〝えぇ、理解しております。我はそのような事は気にいたしませんゆえ〟

「いや、あの……ベン姉さんが気にしなくても、俺が気にするから!」

〝なぜですか？　我が主君の湯浴《ゆあ》みの手伝いをするのも使い魔の大切な仕事と聞き及んでおりますが？〟

怪訝《けげん》そうな表情を浮かべながらベンネエが首をひねる。

「ちょ、ちょっと！　そんな事、誰に聞いたんです!?」

〝それは、この家に我よりも長く居住しておられまする、ヒヤ殿とダマリナッセ殿でございますが？　それが何か？〟

きょとんとした表情で、ガリルを見つめるベンネエ。

その言葉に、ガリルは両手で顔を覆った。

「……なんでその二人から聞くのかな……完全に人選ミスじゃないか……」

「おや？　人選ミスとは……至高なる御方《おんかた》のご子息のお言葉とはいえ、それには異議を唱えさせて頂かざるを得ませんわ」

そこにヒヤが出現し、ベンネエの隣に降り立った。

二人とも、完璧に素っ裸の上、一切隠そうともしないで堂々と立っている。

そんな二人を前にして、顔を真っ赤にしながらガリルは再び両手で顔を覆った。

「ちょ!?　二人とも出ていって！　もしくは隠して！」

〝隠す？　何を隠す必要があるのでしょう？　我は主君の背中を流すのに、何かを隠そうとしたら、むしろ邪魔ではありませんか？〟

「……至高なる御方のご子息に、全てをお見せすることに、このヒヤ、何の抵抗もございませんが？」


ガリルの言葉に、素できょとんとした表情を浮かべているヒヤとベンネエ。

（……駄目だ、この二人に倫理観を求めるのは無理があった……）


この後、二人の説得を諦めたガリルが即座に風呂場から逃走したのは、言うまでもない。

◇同時刻・クライロード城◇

「……は!?」

自室で書類に目を通していた姫女王は、突然目を見開いた。

「なんでしょう……ガリル君に、何か起きたような気が……それも女難的な何かが……」

姫女王は額に汗を流しながら、真剣な表情を浮かべている。

なまじ生真面目なため、小さなことでも気に病んでしまう性格の姫女王。


いつしか、大好きなガリルの危険まで察知出来るまでに……

◇ホウタウの街・フリース雑貨店◇
「では、今度は日出国に定期魔導船を就航させるんですね」

フリオの言葉を受けて、フリース雑貨店魔導船管理運営部の主任を務めている魔忍族のパターモンは大きく頷いた。

このパターモン……

グレアニールと共に、かつてゴザル直下の魔王軍諜報《ちょうほう》部隊「静かなる耳」の一員として活動していた女であった。

パターモンの言葉に、フリオはいつもの飄々《ひょうひょう》とした笑みを浮かべながら頷く。

「うん。クライロード城と、日出国の許可が取れたし、日出国に乗降タワーを建設する手配をしてくれるかい？　それと、定期魔導船の就航スケジュールの再編も頼むよ」

「わかりました。すぐに着手いたします」

深々と一礼すると、パターモンは瞬時にその場から消えさる。

その姿を見送ったフリオは、魔導船発着場へ視線を向けた。

ホウタウの街・フリース雑貨店の隣に建設されている魔導船発着場。

そこは、フリース雑貨店が運航している定期魔導船の本部を兼ねており、今も多くの定期魔導船が、発着を繰り返していた。

その様子を、いつもの飄々とした笑みを浮かべながら見つめているフリオ。

「この定期魔導船のおかげで、クライロード魔法国内だけじゃなくて、もっと遠くの国との間に交流が生まれはじめているんだな……今は、魔王城と、インドル国……そして、新たに日出国……この調子で、この世界の全ての国と国を結ぶ事が出来たら……」

ちょうど下降してきた定期魔導船を見つめながら、フリオはそう呟《つぶや》いた。

（……僕がこの世界に転移してくる前に存在していたパルマ世界では、亜人種属の差別がひどかったけど……あれも、王都の人種族と辺境の亜人種族の仲が悪かったことが原因のひとつだった気がするし……あの世界にも、定期魔導船が就航すれば……）

そんな事を考えながら、フリオは小さく頷く。

「……今の僕はこのクライロード世界の住人なんだし……この世界のみんなのために、出来る事を頑張ろう」

……愛する妻リースのためにも。

あとがき

この度は、この本を手に取って頂きまして本当にありがとうございます。

二〇一六年十二月に一巻が発売された『Ｌｖ２チート』も今年で五年目に突入いたしました。この作品が商業デビューの私も作家生活五年目に突入しております。これも応援してくださる皆様のおかげで。本当にありがとうございます。

原作の方は、今回は日出《ひいずる》国《くに》編がメインです。ベン姉さんがどう絡んでくるのか……楽しんで頂けたらなによりです。駄女神テルビレスも通常営業しております（笑）。

さらに今巻より金髪勇者の従者達《たち》のイラストが追加されます！　誰が増えたか、ぜひご確認くださいませ。

今回は、コミカライズ版『Ｌｖ２チート』四巻に加えて、同じ一月にメディアファクトリー様より『フロンティアダイアリー③』、二月にはコミックジャルダン様より『異世界屋台めし「えにし亭」②』も発売されますので、こちらも何卒《なにとぞ》よろしくお願いいたします。

最後に、今回も素敵なイラストを描いてくださった片桐《かたぎり》様、出版に関わってくださったオーバーラップノベルス及び関係者の皆様、そしてこの本を手に取ってくださった皆様に心から御礼申し上げます。

二〇二一年一月　鬼《き》ノ城《じょう》ミヤ

作品のご感想、
ファンレターを
お待ちしています

あて先

〒141-0031　東京都品川区西五反田 8-1-5 五反田光和ビル4階
ライトノベル編集部
「鬼ノ城ミヤ」先生係／「片桐」先生係

スマホ、PCからWEBアンケートにご協力ください

アンケートにご協力いただいた方には、下記スペシャルコンテンツをプレゼントします。
★本書イラストの「無料壁紙」　★毎月10名様に抽選で「図書カード(1000円分)」

公式HPもしくは左記の二次元バーコードまたはURLよりアクセスしてください。
▶ **https://over-lap.co.jp/865548280**
※スマートフォンとPCからのアクセスにのみ対応しております。
※サイトへのアクセスや登録時に発生する通信費等はご負担ください。

オーバーラップノベルス公式HP ▶ **https://over-lap.co.jp/lnv/**

OVERLAP NOVELS

Lv2からチートだった元勇者候補のまったり異世界ライフ 11

発行　2021年1月25日　初版第一刷発行
2024年3月1日　第二刷発行

著者　鬼ノ城ミヤ

イラスト　片桐

発行者　永田勝治

発行所　株式会社オーバーラップ
〒141-0031
東京都品川区西五反田 8-1-5

校正・DTP　株式会社鷗来堂

印刷・製本　大日本印刷株式会社

ISBN 978-4-86554-828-0 C0093

【オーバーラップ　カスタマーサポート】
電話　03-6219-0850
受付時間　10時～18時（土日祝日をのぞく）

異世界で土地を買って農場を作ろう
Let's buy the land and cultivate in different world
最強の《至高の担い手《ギフト》》で
ラクラク農場開拓ライフ！
人魚やドラゴンの美少女と送る賑やかスローライフ！
岡沢六十四
イラスト：村上ゆいち
異世界へ召喚されたキダンが授かったのは、《ギフト》と呼ばれる、能力を極限以上に引き出す力。キダンは《ギフト》を駆使し、悠々自適に異世界の土地を開拓して過ごしていた。そんな中、海で釣りをしていたところ、人魚の美少女・プラティが釣れてしまい――!?
OVERLAP NOVELS

第8回 オーバーラップ文庫大賞
原稿募集中！
イラスト：ミユキルリア
思いをコトバに。夢をカタチに。
【賞金】
大賞…300万円
（3巻刊行確約＋コミカライズ確約）
金賞……100万円
（3巻刊行確約）
銀賞………30万円
（2巻刊行確約）
佳作………10万円
【締め切り】
第1ターン 2020年8月末日
第2ターン 2021年2月末日
各ターンの締め切り後4ヶ月以内に佳作を発表。通期で佳作に選出された作品の中から、「大賞」、「金賞」、「銀賞」を選出します。
投稿はオンラインで！ 結果も評価シートもサイトをチェック！
https://over-lap.co.jp/bunko/award/
〈オーバーラップ文庫大賞オンライン〉
※最新情報および応募詳細については上記サイトをご覧ください。
※紙での応募受付は行っておりません。